CAROL SHIELDS

Unless

除非

［加拿大］卡罗尔·希尔兹　著

王娇兰 申雨平　译

外语教学与研究出版社

北京

京权图字：01-2017-7836

图书在版编目 (CIP) 数据

除非／（加）卡罗尔·希尔兹（Carol Shields）著；王娇兰，申雨平译. ——北京：外语教学与研究出版社，2019.12
ISBN 978-7-5213-1485-4

Ⅰ．①除… Ⅱ．①卡… ②王… ③申… Ⅲ．①长篇小说－加拿大－现代 Ⅳ．①I711.45

中国版本图书馆 CIP 数据核字 (2020) 第 019704 号

出 版 人　徐建忠
项目策划　张　颖
项目编辑　何碧云
责任编辑　徐晓雨
责任校对　郑树敏
装帧设计　净相设计
出版发行　外语教学与研究出版社
社　　址　北京市西三环北路 19 号（100089）
网　　址　http://www.fltrp.com
印　　刷　紫恒印装有限公司
开　　本　880×1230　1/32
印　　张　8.5
版　　次　2020 年 3 月第 1 版 2020 年 3 月第 1 次印刷
书　　号　ISBN 978-7-5213-1485-4
定　　价　43.00 元

购书咨询：（010）88819926　电子邮箱：club@fltrp.com
外研书店：https://waiyants.tmall.com
凡印刷、装订质量问题，请联系我社印制部
联系电话：（010）61207896　电子邮箱：zhijian@fltrp.com
凡侵权、盗版书籍线索，请联系我社法律事务部
举报电话：（010）88817519　电子邮箱：banquan@fltrp.com
物料号：314850001

记载人类文明
沟通世界文化
www.fltrp.com

献给

埃兹拉和杰伊

要是我们的视觉和知觉对人生的一切寻常现象都那么敏感，那就好比我们能听到青草生长的声音和松鼠心脏的跳动，在我们本来认为沉寂无声的地方，突然出现了震耳欲聋的音响，这岂不会把我们吓死。

———乔治·艾略特

目录

以下是   1

几　乎   15

曾　经   21

在哪方面   29

可　是   39

那　么   55

否　则   63

相　反   79

因　此   91

但　是   99

就……而言   107

由　此   111

每　一   123

考虑到   133

所　以   137

下　次   143

尽　管   149

于　是 155

虽　然 159

自始至终 163

随　后 167

几乎没有 171

自　从 175

只　有 181

除　非 185

接　近 191

无论什么 199

任　何 205

是　否 209

曾　经 217

从何处 225

立　即 229

正　当 241

始　于 247

已　经 251

迄　今 255

还没有 259

以下是

　　我正在经历一段不幸和失落。一直以来，我经常听到人们说他们极度痛苦，或是身心俱疲，但我从来就没有搞懂他们的意思。失去。已经失去。我原以为这些忧愁只会持续几分钟或是几个小时，那些悲伤的人们，在一阵一阵袭来的忧愁之间，心中仍会充满虽然一成不变却也于身心不无益处的幸福感，就像我们所有人一样。可是幸福和我想的却不一样。幸福就像你脑子里一扇珍贵的玻璃窗。你需要绞尽脑汁才能留住它，一旦破碎，你的生活就只能是另外一种样子了。

　　在我的新生活中——2000 年夏天——我在努力地"数算我的福气"。我认识的每一个人都劝我采用这一令我反感的策略，好像他们真相信突然降临的损失可以靠重新珍视自己所拥有的一切而得到补偿。我有一位爱我的丈夫——汤姆，他对我很忠诚，长得也不错，高高瘦瘦的，虽然开始脱发了，但并不影响形象。我们住的房子贷款已经付清，它位于安大略省一片郁郁葱葱、起起伏伏的山峦之中，在多伦多以北，开车仅需一个小时。我们有三个女儿，两个住在家里。娜塔莉十五岁，克里丝汀十六岁。她们聪慧活泼，美丽可爱，不过她们也在经历失去的痛苦，汤姆也一样。

此外，我还有我的写作。

"你还有你的写作！"朋友们说。悄声细语却异口同声：可是你还有你的写作，莉塔。不过谁也没有说得太露骨，没有直接说悲伤最终还可以成为我写作的素材，但估计他们就是这样想的。

一点不假。在四十三岁的时候（九月份将满四十四岁）想到在那些还不懂得悲哀为何物、充满稚气和阳光的日子里所写成并且出版的书，我有一种莫名的、稍稍令人不快的欣慰。"我的写作"：这是可以用来医治受伤自我的一块膏药，虽然非常小，但正如他们经常劝我的那样——总比没有好。

现在是六月，新世纪的第一年，以下是到目前为止我的作品。我没有将 20 世纪 70 年代，我在学生时代写的旧十四行诗——穿着缎面拖鞋的四月，你悄然穿过时间 / 令春日增色，得哒，得哒——以及 80 年代初期写的十多篇满是好话的书评包括进去。这个列表并没有显示在屏幕上，而是列在我的脑子里，一台更加安全、操作也更加便捷的"计算机"：

1. 1981 年 4 月，我翻译了丹妮尔·韦斯特曼的诗集《隔绝》。一个月之后，经过一场自然的家庭分娩，我的女儿诺拉来到这个世上。整个过程有助产士陪伴，有叮咚作响的吉他声作为背景音乐，不过我们没有像当时有些朋友那样围着胎盘大快朵颐。我的法语是从我母亲那儿学的，她是魁北克人；我和丹妮尔是在多伦多大学认识的，我在那里上学时，她正担任法国文明课的老师。她那时不善教学，我觉得她面对教室里那些皮肤晒成棕色、健康洋溢的学生显得有点信心不足，战战兢兢。学生们倒是对她不无崇拜，认真地记着笔记，丹妮尔的讲解扩展了他们对"文明"这个词狭隘的理解。那时她已经是一位知名作家，文章彪悍且充满活力，既迷人又危险。令读者感到出乎意料是她的拿手好戏。在一个平淡散漫的段落中，你被一连串美好的感想蒙蔽，却突然会碰到硬骨头。

把《隔绝》当成自己的作品，让我有点不自在，但丹妮尔·韦斯特曼博士一如平常地将手在头上迅速一挥，坚持说翻译——特别是诗歌翻译——就是创作行为。写作和翻译是相通的，不是相对的，完全没有等级之分。当然，她肯定会这么说。而我给《隔绝》写的序言无疑也属于创作，因为我都不知道自己在说些什么。

我最近把这本书翻了出来，读的时候——用我的朋友琳·凯利的话说——尴尬之情让我"恨不能钻到地下"。通篇满是造作之感。关于艺术将生活的绝望嬗变为"仅仅是脆弱的"那部分，还有诗歌极力"弥补'本应如此'与'一无所获'之间的差距"——我究竟是什么意思？问题可能在于我读了太多德里达[1]的东西。80年代初的时候，我受他的影响太深了。

2. 之后是《熠熠之星》，一篇刊载在《安大略青年之声作品集》

---

[1] 雅克·德里达（Jacques Derrida，1930—2004），法国哲学家，解构主义思潮的代表人物。德里达质疑西方哲学甚至西方文化传统，被认为是后结构主义和后现代哲学的领军人物。——译者注（本书注释如无特殊说明均为译者注）

（粉葱头出版社，1985 年）里的短篇小说。真不敢相信我在 1985 年创作的东西居然算得上是"青年之声"，不过我那时也只有二十九岁，是四岁的诺拉和她两岁的妹妹克里丝汀的母亲，即将要生娜塔莉——这次是在医院生。还不到三十岁，我就已经有三个女儿了。"你怎么抽出时间的呢？"那时人们会异口同声地这样问我。在这样的问话中，我觉察到一丝责备——难道我为了写作忽略了我的宝贝孩子们吗？没有。我从来没有把写作当成事业，不过是偶一为之，写作对我来说就如同编织花边和衣物一样的爱好。然而，没过多久，我真的开始认真考虑写作的事情，还参加了当地一个为女性开设的"作家研讨班"，研讨班每隔一个星期聚会一次，每次两小时。我们喝咖啡，开开心心，也非常喜欢彼此的陪伴，这样也就产生了：

3.《偶像》，一篇写于 1986 年，具有亨利·詹姆斯[1]风格的短篇小说。格温·雷德曼，研讨班里唯一出版过作品的作者，是我们的头儿。"格伦玛创作会"（以我们名字的首字母组合命名——不是很有创意）是我们给自己的小团体起的名字。一天，格温一边把一块松糕往嘴里送，一边说我的短篇小说中的"朴实"令她感动——这篇小说是我根据自己对安大略美术馆俄罗斯圣像画[2]展的感受写成的，不过也仅仅是一种模糊的感受。格温认为我虚构的故事是"接纳／拒绝艺术"的一个事例，她提醒我们注意著名的《初读查普曼译荷马史诗有

1　亨利·詹姆斯（Henry James，1843—1916），美国现代文豪。他的作品展现了普通人仿佛迷宫般的内心世界，被誉为西方现代心理分析小说的开拓者。
2　俄罗斯圣像画指流行于古代俄罗斯的画有圣徒或宗教事件的画像，源自拜占庭的圣像画传统，通常画在木板、金属板或墙上，也有镶嵌、雕刻或刺绣而成的。

感》[1]，以及艺术产生艺术、艺术崇拜艺术那一大套的美学。不过说句题外话，我已不再相信这些东西。你要么相信要么不相信。我们七个人——格温、劳娜、艾玛·埃伦、南、玛塞勒、安妮特和我（我的名字叫莉塔·温特斯——读音是茉莉的莉，水塔的塔）自费出版了我们的作品集，起名叫《袭击和阻碍》，每人出资 50 加元作为印刷资金。500 本书在邻近的书店很快就销售一空，主要卖给了我们的朋友和家人。我们发现出版一点都不费钱，实在让人惊喜。我们自称"踏脚石"出版社。通过这个名字，我们表达了些许自费出版的尴尬，但也希望能在不久的将来"踏"上正规的出版之路。当然，格温不在此列，她已经踏上去了。还有艾玛，她也即将开始在《环球邮报》的专栏版发表文章了。

4.《活着》（兰登书屋，1987 年），是丹妮尔·韦斯特曼回忆录的第一卷《为了生存》[2]的译本——我这样说，好像在声称翻译是原创行为，但正如我说过的，是丹妮尔皱着乱发遮挡的额头，温厚地说服我相信将优雅的法语摆弄成通顺可读的英语是一种美学行为。这本书受到评论家的好评，卖得也还不错，虽然难懂但受欢迎。我丝毫不觉得难为情地将它呈现给了读者，而且没有添加任何脚注。译本在《多伦多星报》上受到一个名叫斯坦利·哈罗德·霍华德的家伙的猛烈批评（斥之为"冗赘的"），但是丹妮尔·韦斯特曼却说别理他，说这人是 *un maquereau*，翻译过来大概意思就是一个无赖。

1　英国诗人约翰·济慈的十四行诗，表达诗人在读到荷马作品英译本时为之绝倒的惊叹心情。

2　文中除信件以外的仿宋体部分在原文中为法文，下同。

5. 然后我应约为一家自称"艺术百科"的出版社的某个系列丛书写了一本小册子。这个出版社要出版那种小巧得可以拿在手中的小册子，每一本介绍一个艺术主题，从布拉克[1]到考尔德[2]到克利[3]到蒙德里安[4]到维庸[5]，无所不包。纽约的那位编辑，我感觉他就像是在电话亭办公似的，因为偶然看到我的短篇小说《偶像》，就相信我是这方面的专家，而并不了解其实我对此知之甚少。他要我写一本三千字的书册（其实是本小册子），书名准备叫《俄罗斯圣像艺术》，1989年此书终于出版了。我花了整整一年才做完，因为在此期间我得照顾汤姆和三个女儿，还要打理房子和院子、做饭洗衣，并且留出时间自省。他们出版了我的"文字"——真是个像胶冻一样冷冰冰的词——英法双语（法文也是我写的），配有一张张彩图，然后给了我400加元。我全面了解了苏兹达尔和弗拉基米尔的各个学派，以及诺夫哥罗德公国[6]里发生的故事，还有为什么这些圣徒的画像会令中世纪的人们恐惧到发抖。就我所知，这本书还没有人写过书评。不过我现在读这本书的时候并不觉得难为情，因为在评论那些画在普通木板上、根本不管透视效果的简朴画像时，你基本上没法矫揉造作。

6. 这之后我空了一年没有写作，我也不明白为什么，毕竟三个

1　乔治·布拉克（Georges Braque, 1882—1963），法国画家，立体主义画派代表人物。

2　亚历山大·考尔德（Alexander Calder, 1898—1976），美国雕塑家。

3　保罗·克利（Paul Klee, 1879—1940），瑞士裔德国画家。

4　皮特·蒙德里安（Piet Mondrian, 1872—1944），荷兰画家，几何抽象画派代表人物。

5　雅克·维庸（Jacques Villon, 1875—1963），法国油画家、版画家。

6　位于俄罗斯西北部，始建于公元9世纪。曾盛行于此地的诺夫哥罗德画派是俄罗斯中世纪圣像画和壁画的重要学派。

女儿都开始上学了，娜塔莉倒是只有上午去幼儿园。我想我那时候只顾着考虑当作家这个事了，考虑当了作家会怎样，担心汤姆的自尊会受到伤害，担心会活在丹妮尔的影子里——这时候我可顾不上德里达了，还担心没有自己的写作空间，以及我快到三十五岁了，比以往任何时候都更能感觉到自己年岁渐长。我的年龄——三十五——总是在提醒着我，无边无际地横亘在我的脑海里，阻碍我享受生活的恩赐。三十五从来都不肯交叠双手老实坐着。三十五没有镇定自若，它的纠缠令人生厌，像一块折叠的玻璃纸发出的嗞嗞声。（"我镇定自若。"约翰·昆西·亚当斯[1] 临终时说。多么令人赞叹、羡慕和不可思议，就为这个我也爱他。）

　　我的这种焦虑是没必要的。汤姆的自尊并没有因我出版的寥寥几本书而受到挑战。他其实属于我们在七八十年代担心的那种人，一旦意识到自己无足轻重就会枯萎凋零。他需要的是平凡，做一个植根于他所钟爱的家庭之中的普通男人。我们在储藏间开了一个天窗，买了一张二手办公桌，安装了传真机和电脑，我坐在通过商品目录直接邮购的自由牌人体工学椅子上，翻译丹妮尔·韦斯特曼厚厚的《女性与权力》，这本书是她回忆录的第二卷。英译本在 1992 年出版，书名改成了《等待的女性》。如果你读过这本书，就会觉得这个改动是妥帖的。（女性拥有权力，但这种权力有待于她们去抓住、启用并释放，等等。）这一次，再没有人抱怨我的翻译。"才华横溢而且从容自如。"

1　约翰·昆西·亚当斯（John Quincy Adams, 1767—1848），美国第六任总统（1825—1829）。

《环球邮报》这样评论，而《纽约时报》更进一步，称其为"一大成就"。

"你是我真正的妹妹。"丹妮尔·韦斯特曼在出版的时候说。我真正的妹妹。我也给了她一个拥抱。她渴望身体的接触，即使在她八十岁的时候这种渴望也没有减退。不过，现在主要是她的医生触摸她，或是我每星期拥抱她，或是她的美甲师。丹妮尔·韦斯特曼博士是我认识的人里唯一一个每星期修两次指甲的——每个星期二、星期六（只是稍微修一修），长长的漂亮的指甲，与她长长的探寻的眼睛十分匹配。

7. 我晕了。几封翻译约稿信同时寄来了，不过我还是一直在想，我也许可以写短篇小说，尽管我们的格伦玛创作会人数在不断减少——艾玛在纽芬兰找了一份工作，安妮特离了婚，格温搬到了美国。问题在于，我不喜欢我的短篇小说。我想写偶然听到的和不经意间看到的题材，但这种稍纵即逝让我处于想入非非的状态，尽管我认为想入非非也是人类性格的组成部分。我坐在明亮的天窗下，对我在新苹果电脑里输入的内容感到有些不安。有害的，珍贵的，我灵光一闪的时刻。啊哈！——然后她意识到。我写的"埃伦在准备饭桌，她知道今晚会不一样"让我很迷人。有一个小虫子停在我的耳边嗡嗡叫：谁在乎埃伦和她的编织餐垫，还有她对未来的希望？

我肯定不在乎。

我有三个孩子，所以谁都说我应该写儿童文学，但我找不到共鸣。儿童文学在我的脑海里尖声地喊叫。会说话的鸭子和会咯咯笑的青蛙。我想接更严肃更含蓄的任务，所以我写了《莎士比亚与花卉》

（旧金山：龙卷风出版社，1994 年）。动笔之前就谈好了合同。出版社拨付了一小笔现金给我做启动费，并答应出版时支付其余的报酬。我原以为这本书会是一次学术方面的尝试，不想最终竟成了一本小小的"礼品"书。这本书你可以送给你通讯录上的任何一个人，文雅的，或是有点学术背景的，或是你并不很熟悉的人。《莎士比亚与花卉》是在那种卖贺卡和毛绒玩具熊的商店出售的。我只是浏览了一下莎士比亚的作品，挑出书中提及的一些花卉，比如多花蔷薇（《仲夏夜之梦》）或黑莓（《特洛伊罗斯与克瑞西达》），然后对花卉做一小段描述，与伯克利[1] 的插图画家开了电话会（两次），再加上很多莎士比亚引文。赏心悦目的一本小书，非常光滑的纸质，12.95 美元。全书68 页，很适合当作小包裹邮寄。二十万册，而且还在销售，不过版税率却不太像话。他们还想让我写什么莎士比亚与动物，我还真有可能写。

8.《爱神：散文集》，丹妮尔·韦斯特曼著，莉塔·温特斯译，于 1995 年出版，翻译得匆匆忙忙——那时一切都是匆匆忙忙的，现在还是。尽管预付的稿费微不足道，这部书却获得巨大的成功。我们把狗寄养到宠物旅馆，我、汤姆，还有女儿们用第一笔稿费去法国住了一个月，在勃艮第南部一个叫拉罗什－维纳斯的小村庄。丹妮尔是在那儿长大的，在克吕尼和马孔[2] 中间，红瓦的屋顶镶嵌在层叠起伏的葡萄园和炽热的空气当中。我们租住的房子建在铺满鹅卵石的庭院

1　美国加利福尼亚州的一座城市。
2　克吕尼（Cluny）和马孔（Mâcon）分别是法国中东部的两个城镇。

里，院子里种满了玫瑰和绣球花。"这个房子有多少年了？"我们问请我们喝开胃酒的邻居。回答是"很多年"。石头墙有两英尺[1]厚。三个女儿在暑期学校上网球课。汤姆开心地晒着法国的太阳，去找寻他的三叶虫了；我每日待在种满花的院子里，坐在一张藤椅上，穿着短裤和露背装，光着脚，头上戴着一顶松软的草帽，一边读着小说，一边想：我要写一本小说，写关于正在发生的某件事，写关于几个人物朝着"终极"而去。那才是我真正想做的。

回想起来，我简直无法相信自己竟如此天真。我没有想过我们的女儿们正在渐渐长大，会离开家，会与我们疏远。诺拉本来是一个温顺听话的宝宝，后来她成了一个温顺听话的小姑娘。现在，十九岁的她心里满溢着美善，坐在多伦多的一个街角，这个地方在文学史上有其一席之地，只是诺拉可能并不知道。她所坐的灯柱下面，正是诗人艾德·莱温斯基1995年上吊自杀的地方；也是在那儿，玛格丽塔·托尔斯冲出地铁口，站在她第二祖国的明媚阳光里，决定写一部伟大的剧作。诺拉盘腿坐着，腿上放着个乞讨的碗，对这个世界一无所求。一天结束时，她会把她百分之九十的收入分给其他在街上乞讨的人。她胸前挂着一块硬纸板：上面用黑色记号笔工工整整地写着一个词——美善。

我不知道那个词的真正含义，虽然我的工作就是和文字打交道。一天我在网上发现古英语中 wearth 的意思是流浪者；另一个英语词汇，和它对应的，取代它的一个词，则是 worth——我们都知道那是

---

1 1英尺约合30.48厘米。——编者注

什么意思，而且懂得不去信它。诺拉所信的正是 wearth 这个词。这是她据为己有的一个地方，是一个完全建造在静止之上的世界。这种生活态度并不难，这位哀怨的母亲说，只要稍加训练，便可轻易得到并保持下去。如果能再用爽肤水、辣椒酱、嘲讽、叛逆、文身、穿孔的舌头和打绺的头发折腾一番，效果便更加醒目了，但她并没有这样做。诺拉践行着美善，并且不引人注目，不哗众取宠，或者至少她正在朝那个方向努力——在我们最后一次谈话时她是这样说的，那是八个星期前，4 月 11 日。她那天穿着磨破的牛仔裤，披着一条粗糙的格子呢披肩——肯定是一块汽车旅行毯子。她长长的浅色头发缠结成团。她不肯直视我们，但当我递给她一袋奶酪三明治，汤姆把一卷20 加元的钞票放到她腿上时，她眨了下眼睛表示感谢——我很肯定。然后她说，她不能回家。她正在朝着美善的方向努力。她的声音虽然依旧，但却漠然、遥远。那个时候，我，作为她的母亲，觉得自己像在做梦一般；我感觉到了这一点。她很坚定。她不会回心转意。她不会跟我们"在一起"。

故事的这一部分是如何发生的？我们知道它并不是人生故事中常见的情节。一个生长在充满爱的家庭里的聪明美丽的姑娘，在安大略省奥兰治镇长大，母亲是作家，父亲是医生，却走了岔路。她对美善的追求实在是很不寻常，既唐突又残酷，真要我们的命。不过，如果有一天我们发现，她从经常坐的人行道那儿不见了，那才会真正要我们的命。

可是，当我坐在勃艮第的花园里，梦想着要写一部小说的时候，我并不知道这一切。我以为我懂得一些小说的结构，动人的困境斜坡，一缕缕的表面细节，精心设计的剧情不断走高、通向宿命的终点，同时在多处埋下伏笔；然后是结尾，因果关系的变化转换，所有人物欢聚一堂，在背景灯那金色光芒的映照下，如同皆大欢喜的歌剧套路——都是为了倒数第二页的那短暂一刻，为了时间长河中的那一刹那。

对于自己的这部小说我有个粗略的想法，就像一粒种子，仅此而已。两个引人入胜的人物，一个女人和一个男人，艾丽西娅和罗曼，他们住在威彻伍德——一座像多伦多大小的城市。他们大声呼求，嬉戏喧闹，对象征他们生活困境的这座孤岛依恋不舍——他们渴望爱情，但又因为自私，舍不得放弃自我。罗曼以自己性情暴躁为荣。艾丽西娅则自认善于沉思，只是她在一家时尚杂志社当助理编辑，忙于工作而无暇思考。

9. 我想好了一个书名——《我的百里香出苗了》。这当然是个双关，取自家里的一个老笑话，我打算写的也正是一部滑稽小说。同时也是一部轻松的小说，一部为夏天写的小说，一部适于坐在宜家家居的藤椅上品读，任由阳光像人的气息般微弱而均匀地落在书页上的书。当然，这部小说会有一个圆满的结局。我能写完这部小说，对此我没有怀疑。1997 年我完成了——一口气，一个人在阴暗的冬三月里，趁三个女儿整天都在学校的时候。

10.《中间年代》，是韦斯特曼回忆录第三卷的译本，将在今年秋天出版。这一卷剖析了韦斯特曼和男人或女人之间发生的许多爱情故事，这些事倒不会令她的读者震惊，甚至都不会让他们感到意外。有新意之处在于语句的柔软和力度。她是一位以简洁和忘我而闻名的艺术家，老年的时候，她的语句表现出了空前的流畅，措辞也得到了延展。我的翻译根本无法体现出她的成就。这本书既直言不讳又多愁善感；奇怪的是，一个特点平衡并支撑着另一个特点。我想她每天早晨吞下去的那无数的钙片、维生素 E 和鸸鹋油胶囊可能被直接喂进了她语言的血管里，所以出现在书页上的内容比她以前写的更加自由、更加热烈、更加忘我；通篇不时会出现快速短暂的离题，却假作不经意的旁白；沉溺于个人经历中，片刻间不能自已。她要让我们，她的读者，相信她已完全放任自由。

或许是这样，或许是高龄体衰带来的益处，让她在老年的时候语言恣肆不羁。我不止一次想到了这一点。

也有过另一个想法，像吹过窗格的微风一样，轻柔地掠过我的脑海——回忆录缺了点什么。也许只有惯于以自我为中心的我会这样认为。丹妮尔·韦斯特曼是痛苦的，她感到存在的孤独折磨着她，她饱受性爱缺失之苦，她遭遇了自己女性身体的背叛。她没有伴侣，没有一个在自己的世界排位里把她放在第一位的人，也没有像我依赖汤姆那样可以依赖的人。她没有孩子，也没有任何在世的血亲，也许正是这一点使得她的回忆录有点孩子气，读起来就像在喝好牛奶，在玻璃杯里起沫、旋转的牛奶。

11. 我不应该提第十一本书，因为它还不是既成事实，不过我还是要说一说。我准备写第二部小说，《我的百里香出苗了》的续集。今天是我打算动笔的日子。第一个句子已经输入到电脑里："艾丽西娅本该开心，可是她并不开心。"

我也不知道这本书里究竟会发生什么。目前还仅仅是一个想法，就像番红花突然从地里冒出来，在寒冷的草坪上露出的小圆头。我以拙笨的方式偶然萌生了这个不成熟的想法，现在写作的冲动怎么也驱赶不走。这会是一本关于失去的孩子，关于美善，关于回家与幸福，关于设法正视出版物中的弊害的书。我非常渴望了解故事将会如何发展。

几　乎

2000 年已经过了一多半。八月初的一个晚上，汤姆的老朋友科林·格拉斯从多伦多开车过来和我们一起吃饭。喝咖啡的时候，他尽力为我解释相对论。

是我挑起的这个话题。相对论是我一直渴望了解的一门学问，一门高深的学问。但解释的人要么讲得太快，要么会跳过某些步骤——他们会认定听众早已具备这些背景知识。据说，世界上曾经只有一个人懂得相对论（爱因斯坦），然后是两个人，再然后是三四个，现在大部分上物理课的中学生都略知一二，反正别人是这样告诉我的。相对论会有多难呢？按照科林的说法，它经历了从疯狂的猜想到确定的事实这样的过程，这就使得理解相对论更有必要了。我努力过，但我的理解很肤浅。这么说光速是恒定的，就这么简单吗？

通常我很喜欢八月漫长的傍晚，琥珀色的光线洒落在餐厅白色的墙壁上，然后被黄昏时分不同的光色取代。美兰菊的叶子摇曳着圆形的魅影。一整天我都听到房子后面的树林中白喉带鹀的叫声；它们的啾啾声像加拿大国歌，至少像开头的几小节。夏日正在逝去，零零散散地逝去。要不是因为有马蜂，我们会把晚餐安排在室外。美味佳肴，好友相伴，还能奢望什么呢？但是我不由得一直想着诺拉，她坐在人行道上的那块地方，举着写有"美善"字样的纸板，所以我就跟不上科林说的话了。

$E=mc^2$。能量等于质量乘以光速的平方。等式的精确立刻引起我的猜疑。质量——比如这张结实的橡木餐桌——怎么会和光速有关系呢？他们是两个不同的东西。身为物理学家的科林面对我的异议并没有失去耐心。他拿起铺在腿上的亚麻布餐巾，将其铺开绷紧，盖在他的咖啡杯口上。然后他从果盘中拿起一颗樱桃放在餐巾上，形成一个浅凹，并将杯子稍稍倾斜，让樱桃在餐巾上转动。他解释着能量和质量，但是我的注意力已经离开了讨论的重点。我有点担心他的咖啡会洒出来弄脏餐巾，心里想着过去的几年来，我渐渐很少用布质餐巾了。可能除了丹妮尔·韦斯特曼，现在没人用真正的餐巾了；人们都认为，现代职业女性的时间可以花在比洗涤衣物更有意义的事情上。

这会儿，我已经完全忘记了那颗樱桃（4加元每磅[1]）代表什么，那个小浅凹应该是什么。科林一直说呀说呀，身为家庭医生的汤姆有较好的科学背景，似乎能跟上——至少他在得体地点着头。我的婆婆洛伊丝客气地告辞了，已回到她在隔壁的家中；她从来不会误掉十点

1　英美制重量单位，1磅约为0.4536千克。——编者注

整的新闻；对十点新闻的热衷促使加拿大乡村不断前进。克里丝汀和娜塔莉早就从桌子边溜开了，我能听到小屋里传出电视嗡嗡的声音。

我们的金毛犬佩特卧在桌子底下，整个毛茸茸的身体靠着我的一只脚，发出哼哼声。它做梦时有时会呻吟，有时会高兴地咯咯笑。我发现我在想科林的妻子玛丽埃塔，她几个月前收拾东西搬到卡尔加里，去找另一个男人了。她说科林只顾他的研究和教学，不是个真正的伴侣。她是个美丽的女人，长着像嫩枝一样的脖子。她暗示他们的婚姻已经激情不再。她的离去那么突然，那么无情，令他非常震惊。开始时，他告诉我们他一点都不知道这些年来她一直都不幸福，但是他在书桌的抽屉里发现了她的日记，读了这些日记之后，他意识到是误解的鸿沟将他们分开，他感到很沮丧。

为什么一个女人会把日记这种非常私人的东西落下呢？当然是为了惩罚，为了伤害。科林总体来说是个体面、好心的男人，过去经常会以冷淡的、劝诫的语气对他的妻子说话，就好像她是个研究生，而不是他的妻子。"不要告诉我这是加工奶酪。"有一次我们在他家里吃饭时他对她说。还有一次："这咖啡根本不能喝。"他喜欢享乐——他就是那种人——把享乐当成理所当然的事，要是享乐不成，他会忍不住恼怒地吼两声。你也许会觉得他期望过高，太过幼稚，在八月这个特别的晚上，则近乎天真。就好像他独自一人在一个有拱形天花板的房间里，沉浸在无尽的回响中，而我和汤姆却只能侍立门外，偶尔捕捉到溢流出的一星半点，瞥到他那不平衡但却沉静的才华。连他眼睛下面的小小眼袋都现出了冷静。他不是个肤浅的人，但可能他觉得我们是。我不得不防止自己用一个笑话打断他。很抱歉，我常常这样：

要求别人解释什么，然后却游离开来，沉浸在自己的思想里。

他现在怎么能够如此平静地坐在我们的桌子旁，摆弄着樱桃和咖啡杯，卷着他的草编餐垫的边缘，把这一大堆信息塞给我们？都快午夜了，他还有一个小时的车要开。相对论与他眼下的生活究竟有什么关系？科林，戴着小眼镜，留着整齐的胡须，对相对论这种深奥的概念感到很自在。作为一个理论，相对论是成立的，它准确优雅地将各种重要的"概念"联系起来。想想大量使用的胶水——他努力想讲明白相对论——想想敏锐推测的力量。这样一个广阔的视角起初令人感到不切实际，但是后来得到评估和充实，而且，科林坚持说，它很有用。面对生活的无常，可以假设相对论的分量，然后将其搁置一边，它也是整体感知的一部分。

他生硬地结束了他的讲解，重新在椅子上坐好，两只长胳膊伸展着。"好啦！"就是这样，他好像在说，或是在说，为了尽可能简单地解释这样一个伟大的概念，他能做的也就只有这么多了。他瞟了一眼手表，又靠到椅子上，精疲力竭，对自己很满意的样子。他穿着一件熨烫平整的蓝黄色条纹棉布衬衣，整齐地掖在黑色牛仔裤里。他对衣服没有兴趣。这件衬衣要追溯到他恢复单身之前，一定是玛丽埃塔亲手为他挑选、熨烫，然后挂到衣架上的，可能是上个夏天的事了。

相对论不能将科林的妻子带回奥利奥尔景观大道的老石头房子里来，也不能将我的女儿诺拉从巴瑟斯特街和布卢尔街交叉的街角，或是晚上留宿的希望青年旅馆带回家来。有一天我和汤姆跟着她，我们必须了解她过得怎样、是否安全。天气很快就要转冷了，她怎么应付寒冷的天气，还有冰冷的水泥地、灰尘、蓬乱的头发？

"你是说，"我问科林——我好几分钟没有说话了，"相对论减少了世界上美善和邪恶的分量吗？"

他盯着我看。"相对论与道德无关，绝对无关。"（"这咖啡根本不能喝。"）

我把目光转向汤姆，求助地看着他，但他温和的眼睛盯着天花板，微笑着。我懂他的那种微笑。

"但是有没有可能，"我对科林说，"美善，或者说美德是能量的一种波或粒子？"

"不，"他说，"不，没有可能。"

我猛地开始清理起桌子来。突然感到很疲倦。

不过，对于像科林·格拉斯这样一个毫不做作的人给我们带来的友情和他对知识的热情我还是心存感激的，他有自己的不幸和遗憾，却真心想让我明白20世纪的一个重要概念。或许他只是想用一个小时转移一下注意力？这是我应该学习的：转移注意力的艺术。整个晚上他只字未提玛丽埃塔。我和汤姆知道，玛丽埃塔走后，他正在重建自己的生活。但是女儿就不同了。你不可能将一个十九岁的女儿抹去。

曾　经

　　虽然我也不一定能做好，但大家都同意由我来为丹妮尔·韦斯特曼回忆录的第三卷做宣传。尽管她就住在多伦多本地，但她已经八十五岁，年岁之高、名气之大都使她不适合应付一整天的采访。作为译者的我可以轻松应对媒体的提问。很长一段时间以来，韦斯特曼博士的忠实读者已经在渐渐减少，所以出版商安排的日程比较轻松。

　　九月初的一天，我驾车来到奥兰治镇，又一次沿着它宁静的老式大街驶入乡间。孤独耸立的多伦多市闪现在我前面。多伦多的郊区有些破败，不过标着数字的高速路出口倒是装出了有秩序的样子。路上车不多，我缓缓地驶过布卢尔街和巴瑟斯特街交叉的街角，以便看上诺拉一眼。她在那儿，像往常一样，坐在东北角靠近地铁入口的地上，带着她的碗和纸板，尽管还不到九点。她吃过早饭了吗？她的头发里有没有生虱子？她在想什么，还是说脑中一片空白？

我把车停下，走到她坐的地方。"嗨，诺拉宝贝。"我说，放下一个装有食物的塑料袋：面包和奶酪，水果和新鲜蔬菜。还有一个装着佩特近照的信封，照片上的佩特扬着直直的、高傲的嘴巴，颈部环着一圈毛。三个女儿当中，诺拉最宠爱佩特，我在厚着脸皮贿赂诺拉。那天天气很冷，看到她面无表情、一动不动的样子，我心中一片冰冷，但是看到她戴了一副厚手套我很高兴。高兴？我高兴？现在多微小的一个迹象都会让我高兴。今天，她朝我的方向瞟了一眼，点了点头。我的心里又一阵高兴。诺拉明确表示过她不想看见我们，所以我一星期只让自己这样看她一眼。

我仿佛透过橱窗的玻璃注视着她。接下来的整整一星期，我会尽情地回顾这短暂的窥视，同时竭力用一系列画面来驱散它：诺拉骑自行车，诺拉坐在餐桌边复习备考，诺拉伸手取她的绿色雨衣，诺拉试穿校鞋，诺拉平安地睡着了，等等。

过了一会儿，我去西尔维娅美容厅将我的眉毛修成弧形并染了色。这家美容厅自称"精神水疗中心"，这意味着西尔维娅夫人用一个小眉刷梳理我的眉毛时，会在我耳边低声细语，像唱歌一样。现在是早上九点半，我躺在一个白色小房间里一张狭窄的美容床上。"你到年龄了，一定要把眼睛周围的细嫩皮肤保护好，"她告诫说，"女人的脸会衰老，这是无法避免的，但眼睛可以永葆青春，发出光芒。你可以是八十岁、九十岁，但你的眼睛仍能保持魅力。"

她对我的生活一无所知。我以前从未来过这家美容厅，从未想过要染眉毛。我的眉毛长得还算漂亮，眉形流畅规整。但是大约一星期前，我照了一下镜子，确实注意到外眉角有些细小的眉毛在渐渐变灰，鬓角也显出一点灰色。不过对于一个快要四十四岁的女人而言，对于一个从未想过自己还有"鬓角"这种威严的身体部位的女人而言，这也没什么奇怪的。

"你是双子座吗？"西尔维娅夫人亲切地问道。眉刷不停地梳理着。她停下来，仔细地看了看，又刷了一下——是快速地轻点了一下。

"不是，"我回答说，不想承认星相命理，"我的生日在九月。就在下星期。"

"对，看得出来。"她的声音流露出一丝老泼妇的脾性，"我总能看出来。"

她能看出什么？

"24加元，"她对我说，"我给你拿一张名片，下次用。"

傲慢无礼，不过，也许会有下一次。我快速算了一下。我的脸可以坚持几个星期，不过到十一月的时候，我可能就得回到西尔维娅夫人这间鸦雀无声的白色小房间来。我很有可能会成为常客。修理眉毛、睫毛，做整个面部美容，按摩脖子。我是个爱思考的人，有思想的人，是个作家、翻译家，但是这一切都要变了。我眼睛周围的细嫩皮肤需要关注。汤姆注意到了吗？我不觉得他注意到了。克里丝汀和娜塔莉并不会从那种角度看我，她们只看到这水彩般的一团，知道那就是她们的妈妈，我也正是这么看待我自己的。

"一个女人的魅力可以陪伴她一生，"西尔维娅夫人说，"但是一定要注意才行。"

不对，一小时后我心里这样想，不对。我很抱歉，可是我并不打算经常散发魅力。谁都可以有魅力。魅力是个廉价的把戏，一点都不难。在脸上挤出一束束阳光，令其喷薄欲出。巧妙地抬起手腕，下巴向前伸出，拇指和食指捏起做出一个女性化的手势，假装坐在一张小巧的玻璃椅子上，容光焕发，充满活力；就像四处喷洒的廉价香水，弥漫在空气中。艾玛·埃伦给它起了个名字，叫"无知少女香水"。

我非常熟悉那种廉价感。魅力以粗糙、甜腻、执着的方式进入干净的口腔，擦着臼齿而过，轻轻地粘在那儿，引发口腔溃疡或任何一种隐喻式的自我反感。在所有的社交美德中，魅力是最无益的。与美善，真正的美善相比，或者与我女儿诺拉正在实践的坚定不移的自我牺牲相比，魅力不过是一张弄皱的面巾纸，粘着上一次使用留下的污迹。

真诚？不，真诚早已不复存在。无论真诚过去有怎样的优势，现在都已经永远地失去了。真诚本是上好的东西，却被媒体糟蹋了，对于那些成长于后大屠杀[1]时代，爱读《疯狂杂志》的媒体人而言，只要给纯真裹上一层包装，他们就完全认不出来了。

而且，我再也不会毫无意义、没完没了地讲礼貌了。我在两年前的一次新书推介活动中想通了这个问题。我好像已经失去了职业礼貌所要求的那种忍耐，就像一串小石子从我手中跌落一样：吸一口气，让自己面无表情，倾听采访者提出的问题，恰当地表达；吐一口气，想一想对你寄予希望的那些人（代理人、出版商、编辑，还有那个负责宣传、人挺不错的希拉，当然还有丹妮尔·韦斯特曼）的感受；你一遍遍地表演，就像一名调整好状态的运动员，拥有每一本新书所要求的健美体魄，然后进行下一项任务。

---

1 此处大屠杀指第二次世界大战中由纳粹德国主导的系统化种族灭绝行动，超过600万犹太人被屠杀。

温特斯太太刚刚翻译完成纳粹大屠杀幸存者丹妮尔·韦斯特曼发人深省的回忆录《中间年代》。温特斯太太优雅而有魅力，她浓密的棕色头发在脑后梳成一个纂儿。她放下咖啡杯，脱下米黄色的风衣……

我现在已经步入中年初期，有一个十九岁的女儿住在街头。我不再需要什么魅力，不再需要那些淡紫色眼影和修容妆来增添姿色。或许我从未需要过。我不会再——现在不会——为了讨好而小心翼翼地措辞。下次要是有记者追问一个私人问题，套取信息的话——温特斯太太，告诉我你是如何平衡家庭生活和职业生活的？——我会用我刚刚练习过的方法狠狠地瞪他。如何平衡我的生活？我会扬起上过色的眉毛。这是个什么问题？温特斯太太，与翻译韦斯特曼博士的作品相比，你是否更愿意进行独立创作呢？拜托，别再问这个了。你和你的丈夫是怎样认识的？他对你的创作怎么看？

以后我会对采访者直言不讳，会毫不迟疑地说："采访到此结束。"这样什么都不损失。傲慢无礼的人更受重视，坏脾气的人一定会受到追捧——我注意到了——甚至故弄玄虚的神秘家伙都会受到尊敬。

第二天在报纸上读到"温特斯太太看上去完完全全就是四十三岁的样子"和"长着人们熟悉的上龅齿的温特斯太太不愿谈她的工作计划"时，我会很想给编辑打电话，狠狠地抱怨一通。这些话出自一名个子矮小、其貌不扬的男子，这人长着盛气凌人的鼻子，鼻梁突出，几乎没有嘴唇，为自己那微不足道的野心而拼命工作，脑袋歪着，像一件黄蜡雕刻。

他在多伦多市中心的一间卡布奇诺咖啡店采访了我。一个冷漠的人，驼背，圆脑袋，三十或四十来岁——不太看得出来——难得一笑。他特别渴望受到关注——真是可悲——脑子里转着他那高人一等的念头，肩上还落有该掸掉的灰尘。而我呢，穿着一件翠绿色的绸里子羊绒短上衣——一次难得的挥霍，不过我敢肯定这个人不会注意这件带有水晶纽扣的中式立领上衣，反而会关注我那袖口已经磨旧的、不起眼的米黄色风衣。文章见报时，他肯定会把我的发髻说成是篆儿。我花了好几年的时间才学会盘一个光滑的小发髻——每天早晨我只用两分半钟就可以将头发梳到脑后，稳稳地别起来。我一直觉得我的发式是我生活的主要成就之一。我真的这样认为。

采访前，推广宣传部门的希拉已经将程序告诉了我，我感觉那些信息一直在脑子里盘旋。这些信息有什么用呢？这个年轻——还算年轻的人是《图书时代》新任的图书专栏作家。众所周知，他对大北方文学抱着虔敬的态度，把倡导多元的加拿大新声音，即后殖民时代发出的痛苦谴责，当作自己的职分。当前以城市中产阶级为题材的小说潮流正在淡化源自这片土地本身的真实的民族声音，而且——

哼，闭嘴，闭嘴。

卡布奇诺咖啡沫沾在他毫无特点的嘴巴两边。再问一个问题，温特斯太太——

当然，他没有叫我莉塔，尽管我和他也许只差一两岁。"太太"一词使他高高在上：那个令人恼火的"太"字听起来别别扭扭，像晾衣绳和烤盘一样分散你的注意力。他是吠叫的猄犬，直奔温特斯太太的脚踝，抖动着它的毛，要求她为自己辩护，期望她解释她生活的篝火是如何毕剥作响、行将熄灭、抽抽噎噎的——这我可不想与人分享。他好像忘记了这次采访是关于丹妮尔·韦斯特曼的新书的。

我知道你在写第二部小说，他说道。

对啊。

需要勇气。

嗯。

事实上——事实上，呃，他自己也在创作一部小说。

真的？真意外！

一个小时快结束时，他没有向服务员要账单。是我要的账单。"我用信用卡支付。"我说，打破了持续的沉默。我尽可能威严地宣布，像一个贵妇人，给我的年龄增加了二十岁，感受那些韵母在我构造精巧的嗓子里滑动。如此高贵，声音响亮得连我自己都感到吃惊。我可能挤出了一丝勉强的笑容，无疑露出了那出名的上龅齿。他听到"信用卡"这个词就关掉了录音机。

他说他家有两个小孩。天哪，真是责任重大，不过他爱他的小坏蛋们。一个孩子非常、非常有天分——其实，两个都有天分，只是各不相同。不过养育孩子不容易啊！从来都没有足够的时间去读那些要评论的书，家里摆满了标有各种记号的书，他永远都读不完的书。他背负着很高的期望，可是，像所有的记者一样，他的薪水少得可怜。

哼，闭嘴。

他们还希望他能在周末写一篇专题文章。

是吗？

上星期是他爆料了麦克巴纳的事。

真的吗？麦库巴？马林巴？

恭喜，奥兰治镇的莉塔·温特斯太太说道。

谢谢。

我得走了，我说。我的车停在计费的停车场。和人约了一道吃午饭。开车回家的路很远。

我知道你和你的家人住在奥兰治镇附近一栋漂亮的老房子里……然后他又狡黠地加了一句：我知道你有一个女儿现在在多伦多生活，而且……

我以前碰到过这种情形。有一个稳固的家庭、一桩持久的婚姻、三个十几岁的女儿、一栋乡间住宅，意味着坚不可摧，这些会引发别人好奇，所以才会有好事者像汤姆所说的那样，堂堂正正地刺探消息。

不行，不能让桌对面这个人吃我的肉来滋养他自己，他的同事也不行——不过，你看得出来他没有同事；他不可能有同事。他不会有朋友或同事，不过倒是有孩子有妻子；他这会儿三次提到了她——妮古拉。她也有自己的事业，他告诉我，仿佛这事还会有争议似的。

我憋不住："妮古拉——她也是记者吗？"

"记者？"

"我是说像你一样。"

他的手猛地一抖，一时间我还以为他要把录音机重新打开。不是，他把手伸进了口袋里，拿出两枚硬币放到桌子上。小费。那两枚硬币放在那儿，上面还有他的手留下的湿印子。两枚 10 美分的硬币。我用审视的目光冷静地盯着这两枚硬币。

他没有看我。他在朝屋子的另一头看，那儿有一个满头银发的人优雅地坐在桌旁。"我拿不太准，但我觉得那是戈尔·维达尔，"他充满渴望地对我低声说，"你知道吗？他是来参加作家节的。"

我站起身，仿佛踩着铜管五重奏的节拍般优雅地离开了。

魅力四射的温特斯太太穿起了她舒适的米黄色风衣……

在哪方面

十月初的一个下午，接近黄昏时分，天色渐渐暗了下来，奥兰治镇老旧的图书馆里已经亮起了灯光。可能是暖气的缘故，打过蜡的地板这会儿散发着浓浓的气味。

图书管理员特莎·桑兹和谢丽尔·帕特森一如既往地乐于帮忙。我顺路过来取丹尼斯·福特－赫尔朋的《美善的差距》。不过，我并非不知道，坚信可以通过印刷媒介学习到美善，这是何其荒唐的想法。有书生气的人常常是一些笨拙的人，固执地认为任何微妙之理，但凡被转化成适当的说明文字，他们都是能够明白的。

上星期我在多伦多时，本来可以轻易买到福特－赫尔朋的书。可是我没买，要是我真心想让我的生活获得真正的美善，进而重新找到与诺拉沟通的方式，就意味着我要应对大大小小的问题，要不就是把我有限的美善传播到像公共图书馆这样还算不错的地方。现在，我正在努力做一名支持本地图书馆的好公民，由于人们很少利用，这个图书馆正面临关闭的危险。

除了一个兼职的看管人，这两个图书管理员——特莎和谢丽尔——是奥兰治镇图书馆仅有的全职雇员。一年前奥兰治镇议会宣布削减图书馆经费时，其他人都被解雇了。

特莎和谢丽尔与我们家相识多年。我一直是图书馆管委会成员，特莎从诺拉四岁起就记得她——那时诺拉会来参加星期六早晨的故事会，她会盘着腿一动不动地坐着，戴着写有名字的胸牌，而不是写着美善的牌子。她虽然年纪小，但听蓝胡子的故事时她会微微地战栗，听到十二个跳舞的公主的命运时会洒下同情的泪水，这是特莎专门为她的小听众们改编的故事。她擅长大团圆结局。

特莎五十来岁，嫁给了一个古典吉他演奏家，有一个十多岁的孩子。她又高又胖，性格刻板教条，而且随着年龄的增长，这些特点日益突出。她长了好几层下巴，说话时这些下巴轮流颤动，每层的颤动都按顺序滞后千分之一秒，配合着她小得出奇的嘴巴的动作。在决定获取图书管理员资格以前她曾是个生物学家。她说话时声音清晰，有演讲的派头。

谢丽尔三十好几，离异。她今天朝我倾着身，两个胳膊肘支在桌子上，双手捧着下巴。她弯起双眼，带着探询的表情，一副优雅的样子。今天她在额头中间贴了个印度女性贴的眉心痣。我禁不住盯着这个鲜艳的小圆点，我只能猜想这是为了庆祝她有了新的男友——一个在孟买受教育、在奥兰治镇的购物中心挂牌执业的牙医。这是一个腼腆、戴眼镜的年轻人，他的印度妻子受不了安大略省小镇的生活，待了六个月后回父母家去了。

特莎和谢丽尔是好朋友——同事——两人都很懂得为自己建立的跨越辈分友谊而骄傲。她们都有某种自命不凡的特质，这是一个老派女性讨好新潮女性的例子——她们还真成了好朋友。就像是爱慕一般。她们为彼此而骄傲，也公开宣示对彼此的这种骄傲。她非常了解该去哪儿找想找的东西。对呀，没有谁比她更了解因特网了。她们一起统治着这座花岗岩建筑物，建筑物棕色的砖石暗示着下面土地的颜色——那为了大众的福祉而明智地划拨出来的富庶良田。不过，要是再有一次大规模的经费削减，这个地方就要变成茶馆或者礼品商店了。

特莎和谢丽尔两人对书都特别热爱，比如福特－赫尔朋的书，她们就非常乐意提供，尤其是小说，那些关于未被载入历史的普通男女的小说。她们本能地将这些书源源不断地输送给那些脱离于"真实世界"的人们。我是她们近期的首要工程。"这是阿特伍德[1]的新书，"特莎今天一边对我说，一边拍着书的封皮，"昨天刚到的，我把你的名字挪到了等候者名单的最前面。"

"你知道，这本书获得了布克奖[2]提名。"

"谢谢，"我以一种纯净的语气说，"谢谢你们二位。"

她们面露喜悦，等着下文。

"诺拉怎么样了？有消息吗？她最近会回家吗？"

不会，她最近不会回家。这一点毫无疑问。"我也说不准她什么

1　玛格丽特·阿特伍德（Margaret Atwood，1939— ），加拿大著名作家。
2　布克奖被视为当代英文小说界最重要的奖项之一，在世界文坛具有重要影响。

时候回家。也没什么大事。"

事实上，我和汤姆现在不像以前那样常来图书馆了。汤姆通过亚马逊网站购书——大多是有关三叶虫的书，而我通常会在多伦多买到我需要的书。

"她好吗？"谢丽尔问。

"还算可以吧。就我们所知。"

哦，她们交换了一下眼神。特莎隔着柜台笨拙地伸出胳膊拥抱我，她不修边幅、头发蓬乱的样子有点像我们家的佩特。"她会熬过这段乱七八糟的时光的。"她以一种坚毅而锐利的目光盯着我，那"坚持下去"的目光让我喉咙一阵发紧。

去年四月就是特莎告诉我们诺拉的下落的。我们当时已经有一个星期没有她的消息了。汤姆认为诺拉和她的男朋友吵了架，但我知道并不是这样。我们给她打电话，总也打不通。三月底她最后一次回家时的情形便已令人深感不安。我好几次都想和她所在的大学联系，但又觉得那样有点荒唐——父母查探一个成年的女儿。我们很担心，担心得要命。春日的抑郁。自杀的念头。最近我还在报纸上看到，有一名女性在多伦多自焚了。后来，特莎碰巧去多伦多看望她年迈的母亲，从地铁站出来的时候看到了诺拉——诺拉正坐在人行道上乞讨。

"诺拉？"特莎说。

诺拉抬起头来。她当然一下就认出了特莎，但什么都没说。她用力抓住那块小小的方形纸板，伸向特莎。特莎记得，那天一定挺冷，因为诺拉戴了一双旧的园艺手套，对她的小手来说有点大。

"诺拉，"特莎轻轻地问，"你父母知道你在这儿吗？"

诺拉摇摇头。

特莎随即打开包，拿出手机，给在奥兰治镇的我打了电话。很幸运，汤姆当时在家。我们径直上车，驶到了多伦多。一路上我感到胸部绞痛。我们的气息像一张巨大的船帆一样抖动着。

我本应是莉塔·温特斯，那个阳光的女人，但就在她转身的时候却发生一件事。莉塔出了个差错，失去了那个正要从海滨拿回家的干净的弧形贝壳。这两个女人——特莎和谢丽尔——知道我是什么样的人，站在这儿忙不迭地应付我以前和现在之间天差地别的改变。我生活中的芬芳被冲刷殆尽，因为我的长女去践行一种美善的生活。她那自我牺牲的精神，甚至让她连乞讨地点都选在多伦多一个很少能讨到东西的角落。我不得不向另外两个女儿解释说姐姐诺拉是在追求美善。我记得我很快地说了一下情况，用我能想到的最简短的语言，就好像这种简述能将伤痛和别扭带走似的。是啊，美善的生活，那就是她的选择。

她们在图书馆等我；我总是提前打电话。她们在柜台上摞了六本书，最上面的是《美善的差距》，下面是阿特伍德的书，再下面是一本传记和给我婆婆洛伊丝的一两本薄薄的新侦探故事，还有一本给克里丝汀的《海浪》，她最近突然开始对弗吉尼亚·伍尔夫[1]感兴趣了。这些书都是精心挑选的，叙事风格刚好适合我，既不太阴暗也不太前卫；我要文学小说，但又不喜欢后现代的；不要"诗歌体"小说；也

1　弗吉尼亚·伍尔夫（Virginia Woolf，1882—1941），英国女作家，意识流文学代表人物之一。

不要粗俗低下的。我倒是喜欢有异域风情的小说。但不喜欢那些描写富人或是去吃午餐的人的小说，就是那些知道"该在哪儿"用午餐的人，那些"想要有自己的生活"的八面玲珑的职业人士，就好像他们没有自己的生活似的。不要嬉皮士风格。不要家族史。不要关于男人们的友情与大自然之类的。不要马。不要诗歌或短篇小说。现在不要，对我没用。

谢丽尔将这一摞书慢慢推向我，就好像这是一艘甲板上堆积着财宝的帆船。颜色鲜亮的书皮套上了图书馆的塑料封套，在天花板灯光的照耀下闪光发亮。我感激地在包里翻找图书卡。

今天的阅览室和平常一样，零零散散地有几个家庭主妇和老年人，还有几个学生，有几个我认识，也有一两个我不认识。这些人或是在书架之间走动，或是安安静静地坐在橡木桌子旁，翻看参考书，专心阅读报纸，门开门关的时候抬头看一眼，看看四周的动静，然后又回到书报上。这地方相当于一个私人俱乐部，每个人都很放松，彬彬有礼，遵守规则。

尽管没有人盯着我，但他们都知道我是谁。我是莉塔·温特斯，医生的妻子（那医生是个好人！），三个女儿的母亲，作家。我住在离镇子五英里[1]远的地方，那里原来是乡下，但现在逐渐成了奥兰治镇的一部分，算郊区吧，如果五千人的城镇可以有郊区的话。在我们宽大的老房子里，可以说我们过着自己早已选定的生活：富足、忙碌，但中间穿插着宁静，各种家具、书籍、音乐、可以倚靠的软垫、

1　1英里约合1.609千米。——编者注

冰箱里的食物，冷冻柜里还有更多的食物。我的职业是作家和翻译家（法译英）。而且我是诺拉·温特斯的母亲，真是不幸。他们记得在镇上见过她，一个容貌姣好的女孩子，像汤姆一样个子高高的，有时在大街上骑自行车，或是和她的朋友一起坐在学校门口，她那一头又长又直的金发，她那有力的纤腿，显出少年人的自在和敏捷。她微笑的时候仿佛新月一样发着光。她去多伦多上大学，在那儿交了一个男朋友，然后去年春天的时候失踪了几天，再然后她出现在多伦多的一个街角。这事就传开了。

他们朝我的方向点头致意或者低声打着招呼。"下午好。"对于人们的祝福我也愉悦地点头回应，就好像我在闻一束带香气的花儿。人们不断给予的认可令我振奋，让我想起：虽然我们已不再风度翩翩、令人惊喜，但这些美好的特质终会重现，它们总会重现——这似乎就是我正在期待的，也是我们每个人都期待的。我多多少少相信这一点。

再过半个小时——到时候我已经走了——谢丽尔会摇着一个小铃铛，从一张桌子走到另一张桌子，用她女孩般的柔声通知图书馆五分钟后会关门。她一边这样说一边忙不迭地道歉，为打断顾客们的思路而真心地感到歉意，为扰乱了每一位到访者的注意力以及宁静而难过，图书馆让每一位读者享受专注的乐趣，以及宁静，那是在整个漫长的、令人昏昏欲睡的下午积累起来的。图书馆已经没有资金在工作日的晚上开门了。这本不是谢丽尔的过错，但她还是对这种情形感到抱歉，希望人们会理解。

我一边把书放进包里，一边环视着周围的同胞们，对这样一种随意的安排感到一阵不舍：我们在这一特定的时间聚集在这里，为了独处、为了印刷的文字而和谐地共享公共空间。这里有格林纳威太太，她长着窄到无以复加的鼻梁，总是带着微笑，她是一个聪慧的女人，却没有地方表现她独特的创意；有阿特金森先生，一名退休教师，领带陷进他肥肥的脖子里，面前的桌子上摆着《不列颠百科全书》，打开的那页好像是一幅地图。有一个留着胡子的男人——他的名字我不知道——好像正在一个活页笔记本上写小说或是回忆录。还有哈尔（快脚）·斯哥特，他在加油站工作，会打冰球——或者至少去年在毒品搜缴中被抓前他还在打冰球。他在看《麦克林》杂志，可能是体育部分。

这个场景既熟悉又特别。我们、这里、铭刻在记忆中的这一刻——我突然想到，这种精确的配比稍纵即逝，过后永不再有，这念头让我惊讶。

我最近很容易泛起这样的感触，并且我已懂得够多，已不再相信这些具有讽刺意味的小反转，这些假的珠宝。我脑海中开始响起弦乐。那种轻松快意，仿佛是在被感觉的浪潮托举着，不断向前。既珍贵又危险，曲折微妙的欲望指挥棒自行显现出来。随后是喉咙发紧，眼睛潮湿，对不断继续的生活之美的敬畏，等等。哦，上帝。这不正常，这样的使命，这样的洞察，我步入了悬空的境地，允许自己不去怀疑而去相信。穿着防雪衣的双胞胎婴儿。机场拥抱的人们。金黄色皮毛和棕色眼睛的佩特依依不舍地嗅着房子的各个角落，发现情况不对，有东西不见，呜呜呜。

"她就是个爱掉眼泪的女人。"有次我听到一个男人不无轻蔑地说他的姐姐；那句话用来评价我目前的状态也是可以的。但这就是我，莉塔·温特斯，过去虽然一直惯于悲伤，现在却在极力地抗拒。愚蠢或是精明，二者必有其一。这种感觉只是暂时的，一种反常的欣喜感，一种扭曲——丹妮尔·韦斯特曼如是说——但又如此真实。因为在那短暂的一刻，我们一同聚集在有着陈旧木地板的公共图书馆的这个房间里。

我们每个人都有自己很快就会回归的生活。等待我们的是晚饭——多么奇怪但又令人感到安慰的念头。精心烹制的丰盛菜肴，或者卡夫速食面，或者西夫韦超市的希腊风味沙拉。我已经在烤箱里烤了两只鸡，剩下的足够明天吃；焙盘炖土豆只需加热一下，还有沙拉的食材。噢唷，噢唷，这么好的一个女人，而且还这么有条理。

打住吧！

是的，我得回家了。忙碌的一天，是啊。下雨，下雨。天气预报。再见。我的雨伞，真是，差点忘了。忙忙碌碌，忙忙碌碌。车就停在外边。不需要。还要遛狗。好，我会的，我当然会的。再次感谢，谢谢二位。忙碌的一天就要结束了，你一定很高兴。

我想要，我想要，我想要。

实际上我没说出最后的这几个字，我只是磕巴着它们短小又生硬的韵脚，它们毫无意义的音节——当我一边扣大衣的扣子，一边向家走去的时候。

可 是

我们住在一座比较陡峭的山上。这一带基本都是山峦起伏的乡村，我们的房子坐落的石崖算是一个地质奇观，选择这里毫无疑问是因为其坚实的地基，也是因为风景优美。这座房子有一百年了，是一座简朴的、具有安大略风格的砖石农舍，不过前几家住户还有我们都给房子增添了不少内容。它历经安大略的严寒酷暑，已经磨炼得更加坚固耐久。

人们常常问我——我不懂为什么——我们有多少个房间，每次被问及这个问题，我脑子里就一片空白。这本来是我应该知道的，但我却不知道。答案其实取决于你怎样定义房间。门厅算一个房间吗？我们的门厅处铺着一块鲜艳的印度地毯，摆着一个凳子，墙上有一幅版画，有几个挂外套的挂钩。宽敞的正方形门厅，左侧放置着一个瑞典风格的炉子，是我们在 1986 年那个特别寒冷的冬天安装的，它释放的干燥灼人的热能是我们应对这里的寒冷气候所必需的。这个"过道"里还放置了几把休闲椅，一张电话桌，橡木地板上铺着一块柔软但有些褪色的基里姆地毯[1]，墙角放着一张宽大结实的书桌，汤姆用它写个人信件——但这不能算一个真正的房间。过道不能算一个房间，任何一个地产经纪人都会告诉你这一点。向右是餐厅，和一个阳光房相连。阳光房更像一个小的储藏间，而不是个房间，里面摆着一张藤条沙发、一张小桌子、一些吊挂起来的植物，还有一个宽大松软的软垫凳，闪着乳白的光泽，给人一种纯净的感觉。左边的客厅带有宽大的飘窗，差不多算是一个房间。所有的东西都是绿白相间，或是深浅有致的凫蓝，至少在我看来是清莹明亮的。书房的旁边是一个带纱窗的阳台，另一边还有一个带纱窗的阳台，过去常被称作卧室阳台。我的工作间是阁楼上的一个旧储藏室，也不能算是个房间，尽管新的天窗和巧妙悬挂的书架使得这个地方看起来像个房间。我把这块空间称为我的办公间，或者叫小天地——或者通常叫它储藏间。套用电影行业的说法，我作为一个作家和翻译家的生活是我的幕后故事，而我的台前故事则是我和汤姆、我们的女儿，还有我们七岁的金毛犬佩特，一起住在山上的这栋房子里。

　　我们的三个女儿每人都有自己的房间，娜塔莉住在南房，克里丝汀的房间被我们叫作覆盆子房间——与墙壁的颜色无关，而是因为从她的窗户能俯瞰到我们家茂密的覆盆子丛。诺拉，我们的长女，她的卧室在过道的尽头（她现在不在家，实际上她已经有好几个月都不在

1　一种无毛绒的双面毯，产于土耳其，高加索地区也有出产。

家了）。这个房间弥漫着一股甜甜的气味，是从印有郁金香的鸭绒被或者乳白色麻质窗帘上飘散出来的。我和汤姆的卧室在北面，实际上也可以算作两个房间，因为尽头是刀把形的前厅，汤姆将他珍贵的三叶虫化石藏品都锁在前厅的一个玻璃柜子里。女儿们小的时候睡在这儿的一张婴儿床上，为的是夜里离我们近。那张婴儿床如今放在地下室的一个角落，这又是一个不能算作房间的地方。地下室只装修了一半，墙壁是被煤烟熏黑的多节的松木，水泥地板上过了漆，可能是麦金家族在 50 年代末建造的。

麦金之屋，当地的人们还是这样叫我们的房子，尽管从麦金家搬走到我们入住，中间有过三四家住户，短期租户几乎不会留下任何痕迹，他们任凭房子处于半废弃的状态。

麦金一家是住在这栋房子里的第一户非农民家庭。麦金先生在城里经营着一家二手家具店，据说不太成功。就是在他居住期间，农场的土地被不断出售，留给我们的只剩下四英亩 [1]——主要是林地，有枫树、槭树，还有几棵古老的橡树和一小片苹果园。我最近读到，一棵英国橡树长成要花三百年，然后活三百年，再用三百年死去。这个说法促使我思考，或者说至少是引起了一股多情的思绪，不过并没有发展成一种思想：橡树那鲜活的生命组织对它内在的这种三重韵律竟如此耐心和驯服，对那些超大细胞的任何微小变化都会进行回应，这令我惊叹。橡树的心脏究竟在什么时候决定萎缩并最终停止跳动？这一点重要吗？

---

1 1 英亩约为 4046.86 平方米。——编者注

我常常想到麦金一家。我从未见过他们，可是他们却常常出现在我的脑海中。他们留下了各种痕迹。关于这个家庭我问过洛伊丝，但她和他们没有什么往来，她是那种不好与人为邻的人。她特别相信"不应强求别人与自己友善"，那个时候汤姆还是个小孩，年纪太小，不能和麦金家的孩子一起玩。那时两家的房子也被阴森森的老丁香树和杂乱无章的绣线菊花丛分隔着。

我们搬进来的时候，半装修的地下室一端有一个独立的吧台，有着深色的石板台面，我们只能猜想，他们没有把它搬走是因为太重了，不值得费工夫。在吧台后面的抽屉深处，我们发现了一颗很大的可可豆，裹了蜡，很好看，而且闻起来有一股异域的油腻尘土味儿。我们一直留了好几年，但现在好像不见了。还有一个古老的纸盒，里面装着"跳舞粉"，往地板上撒一点，地板就会变得滑滑的，正适合跳滑来滑去的狐步舞。麦金家的爸爸和妈妈一定举行过舞会，我们觉得——客人们伴着维克多牌留声机播放的唱片翩翩起舞。留声机是他们留下的另一样东西。这房子里的人可能生活得很开心。

他们家有好几个孩子——十几岁的少年——我有时想，这些孩子不知是否受到过 60 年代政治动荡的影响，是否遇到过麻烦，让父母担心。他们现在应该有五六十岁了，会关注他们正在走下坡路的身体和渐渐老去的婚姻，还有孙辈们的所作所为。在我看来他们完全有可能会偶然想到他们成长的这栋房子。也许他们会想起楼上大厅里那个嵌在墙里的大枪柜（榫卯结构的），这个对我们来说一直也没什么用处。在家庭聚会时，他们可能会回忆起阳台下边那个狭小的管道空间，从墙上一个隐蔽的门可以进入那里，我的孩子们把那里变成了一个秘密俱乐部。

麦金家族有人将一个封起来的信封落在了卫生间的暖气片后面，暖气片是那种老式的、带有装饰图案的多片热水装置。我在粉刷这个房间时发现了这个信封。我将刷子伸到暖气片后面刷墙，碰到了像纸一样的东西。为了完好无损地将它拿出来，我只能小心翼翼。我放下刷子，环顾周围想找一个铁丝衣架，这样就能从暖气片的槽里钩出它来。信封依然完好无损，经过这么长时间仍然封着，只是稍微沾了点灰，上面写着"莱尔·麦金太太"的字样。蓝色墨水，已经褪了色。即使经过了无数个冬天，被开了又关的炉子输送来的热气烤了又烤，信封摸着还是很挺括。我要打开这封信吗？我在考虑。当然我会打开。对这一类事情我只是假装有道德方面的顾虑。仅仅触摸一下信封，就会引起一股甜蜜而又敬虔的伤感。对，我确定要把这封信打开。

我曾想这可能是自杀的遗言，或者是小孩们学校的警告通知单，又或者是某种表白。我很抱歉，但我要告诉你我爱上了……我们刚搬来的时候，住在后面的邻居们曾暗示麦金家族发生过悲剧，出了一件事，导致他们搬迁，多年的幸福被忧伤取代。（我的婆婆并不喜欢麦金太太，没有提供任何线索。）我原本没有在意这些流言蜚语，不过也认为愿意让出这样一座房子的人家一定是发生了什么重大的事情。

我在这个年代久远的信封里发现的是一张简单的廉价请柬。在1961年3月13日要举行一场新生儿送礼派对。（我那时应该是四岁。）一张乡村风格的婴儿床挂在树枝上，床围间吊着粉色、蓝色的短茎花儿。"请带一件小玩具或小衣物，"邀请信用纤细优美、有弧度的手写体这样写道，和信封上的字迹一样，"不要超过3加元。也请给乔治娅带一条'妈妈的建议'。"

派对的主角，准妈妈乔治娅究竟怎样了？新出生的婴儿怎样了？送礼派对成功吗？这些问题就像昏暗走廊里的一个个房间一样迎面而来，这些房间的门厅又通向另一些房间。我想起丹妮尔·韦斯特曼有一次问我送礼派对是什么——对于一个半路来到加拿大的法国女人，一个八十多岁的女人来说，这个概念理解起来有些困难。但是这样的场合我已参加过几十次，想象一场 60 年代早期的派对一点都不难：客厅里回荡着女人们的喧笑声，似乎根本不会停下来，不过其中总会有某个女人深沉的声音与众不同。这个人的笑声备受赞扬，有感染力，在朋友中是出了名的。她身着自己缝制的宽松直筒连衣裙，上面印有大胆的图案——我想是几何图案，黑红相间——是那种在任何派对上都能活跃气氛的人，总会受到欢迎。而另一方面，麦金太太低声细语地笑笑，常常会抬起手捂在嘴上。

那些放在特制柜橱里的来复枪藏品是麦金先生的吗？是不是其中一支不小心走火了？是他给阁楼添加保温层，结果弄得很拙劣吗？麦金太太——我从来就没弄明白她叫什么名字，洛伊丝也不知道，但我猜可能是莉莲或者多萝西或者露丝一类的吧——整天忙什么呢？是她要在厨房安装那个带有绿色釉漆洗涤盆的绿色钢质洗涤槽吗？现在这个洗涤槽已经是个古董，是个难以割舍的古玩，而且完全可以正常使用。我能想象莉莲／多萝西／露丝站在这个洗涤槽旁，将黄豆角切成一寸长的小段，然后用水泡上，叹口气，看看钟。快到晚饭时间了。钟——战后的塑料钟——应该是做成茶壶或者青蛙的形状。她是一个个子和年纪同我相仿的女人，中等身材，仍然苗条，但臀部在变宽。

四十几岁，嘟起的嘴上涂着口红。她已失去了某些精华，身体上的耗损留给她的只有心中那些费解而又不得不面对的问题，谁也不会想到她竟有着如此强烈的、几乎直抵太空的欲望，追求着，期盼着。

我喜爱这座房子。我和汤姆——我们在一起已经二十六年了，基本和结了婚一样——我们在1980年搬到这里，他成长时住的红色墙面的房子就在隔壁。他母亲，一个七十岁的寡妇，现在还住在那儿，近来日益消瘦和沉默。汤姆和他的父亲一样，在奥兰治镇当全科医生，他的诊所离家只有十多分钟的路，但他至少三分之一的时间都花在研究三叶虫上。这是他的爱好，他的副业，他会眨着眼睛这样告诉你，让你明白，其实三叶虫才是他的主业。

令人感到费解的是我冠了他的姓。我原来叫莉塔·萨默斯，十八岁时长长的棕色头发垂到腰际。我进入大学学习法语，遇到一个叫汤姆·温特斯的医科大学生，所以我们不得不考虑我们的"情况"。我们可能成为笑柄，或者我们俩其中一个需要改换季节[1]。当时，名字这事似乎是个大问题，直到最近我才能流利又风趣地讲起当时的窘境。我去了法庭，签了一些文件，仅此而已，但那会儿你可能会认为我牺牲了身体的某些部分。（毕竟我是听着海伦·瑞迪[2]的歌《我是女人》长大的。）我们两个人在精神上都是六八分子[3]，我想我们一生都不会

---

1 汤姆姓温特斯（Winters，意为"冬天"），莉塔姓萨默斯（Summers，意为"夏天"），莉塔要按照传统结婚后随夫姓，就需要从"夏天"改成"冬天"。
2 海伦·瑞迪（Helen Reddy，1941— ），澳大利亚歌手、演员。其1972年发行的单曲《我是女人》（"I Am Woman"）获得巨大成功。
3 "六八分子"指参与法国1968年5月罢课、罢工的学生和工人。

改变。事实上，1968年的时候我才十二岁，但即使在那时，叛逆也已经开始暗中涌动——用它来干什么或是将来用它对付什么，我们只能生活在自己所处的历史阶段当中，但又必须像激进分子一样，抗拒变成单一时代的产物。

我们的房子有许多零乱的角落，在我看来这些地方正在变得越来越美。我常常想到西班牙作家比森特·贝尔杜[1]曾说，房子的存在介于现实和愿望之间，介于我们想要的和我们已经拥有的之间。也许这栋老房子并没有我想的那么好。我的眼睛被遮蔽了。过去我常常能够通过颜色和空间辨别每一个房间，可是现在却不能了。我高估了这栋房子郁郁葱葱、弯弯曲曲的小海湾和港口，让自己笃信一种建筑意义上的宽敞和温馨，而其实很早以前我就应该听从一些专业的装修建议。"温馨"这个词无法翻译成法语，我常常和丹妮尔·韦斯特曼讨论这个，倒不是因为"温馨"这个词常常出现在她严肃的文章里。法语里也没有"草率"这个词，其实挺有趣的，因为法国人至少在人们普遍的印象中是草率的。

麦金太太很可能没去1961年那个为她的朋友乔治娅举行的新生儿送礼派对。毕竟我发现的时候信封还是封着的。家里不会有人故意把邀请信藏起来不让她看见。这封信只是放错了地方，就像在一个忙忙碌碌的家里那些常被弄错的小东西似的，和其他信件分开了，被拿到这么个不该来的房间，弄丢了，却又奇妙地保存了下来。

1　比森特·贝尔杜（Vicente Verdú，1942—2018），西班牙作家、新闻记者、经济学家。

1961 年这场只有女宾出席的社交晚会其实并不重要。那时的美国总统还是约翰·菲茨杰拉德·肯尼迪。这个国家当时充满了觉醒意识和负罪感。人们走上街头游行，明智而有责任感的人会心甘情愿地在狱中待上几个月。在整个世界的政治局势下，加拿大某个小镇上这样一个中立、琐碎、微不足道的新生儿送礼派对变得黯然失色。一封丢失的邀请信相对于全人类的关切而言毫无分量。

但是也不一定，也许麦金太太正好是某一类女人，或者也许有个热心的好朋友打电话提醒了她去参加这场新生儿送礼派对。三月在我们这个地方正是沉闷单调的时候，地面上的雪都变黑了，也有些零星融化的地方。60 年代初期了无生机的女权主义并没有点燃像莉莲（？）·麦金这样的女人的热情。女权主义正处于成形时期，莉莲茫然地处在两代人和两个时期之间。或许她还穿着塑身衣，而且使用子宫帽避孕。房子里凉风飕飕，孩子们乱发脾气。所以晚上去参加社交聚会应该是件值得高兴的事。麦金太太站在绿色的洗涤槽旁切着豆角，她可能因受邀去参加派对而兴奋，也知道举办者给她寄来了请柬，即使这请柬可能不知什么缘故放错了地方。她会对电话提醒表示感谢，对能从困扰她的思绪中解脱出来感到欣慰。她会匆匆忙忙地安排全家人吃完晚饭，准备洗盘子，至少将盘子泡在象牙牌洗涤液中。或许她十多岁的女儿心情不好，第二天又有生物考试，会破例主动要求干家务活。"让我来吧，"她会对（在她看来）毫无特点的母亲说，"你去参加你的那个什么派对吧。"这个女儿，在我的想象里酷似娜塔莉，可能会假装没兴趣，但同时却对成年女性的社交生活不无好奇。也许她要是敏感的话，会感受到家里这种无形的压抑——她的母亲有点不对劲，有些事情没有得到回应。

　　她会是一个对家务一无所知的女儿。她楼上的卧室——这些年来娜塔莉一直住着的那个房间，从婴儿床直接换到儿童床——床单定期更换，送来时清新挺括，但她从来没有持家的概念，她怎么会有呢？

　　"厨房的事交给我吧。"1961 年 3 月，麦金太太的女儿可能这样对母亲说，带着懊恼的口气，和克里丝汀一模一样，想去试探这种令她困惑不已的善意，她对此有所感知，却还无法言说。"我来洗盘子吧。"

　　房子需要打理。以前快乐帮手保洁公司会每个月两次到家里来打扫卫生，但现在我越来越少叫他们过来了。驶上我家车道的汽车，女工们的肌肉和快活情绪，还有清洁设备嘈杂的噪声都让我受不了。现在都是我亲自来收拾。我清理灰尘和狗毛，穿着最旧的一条牛仔裤和袖口已磨破的纯棉针织衫。清扫的活我开心，尽管我不愿承认，也几乎从未承认过，但我在脑子里会注意到这个事实：除尘、上蜡、擦拭让人有成就感。如果被追问的话，很多人都会同意这个说法，虽然吸尘器噪音太大，笨重累赘，让人无法享受。我特别喜欢在旧橡木地板上操纵拖把。（在纽约不允许把拖把伸到窗外抖动，可能多伦多也不行，我在哪里读到过。）我不久前在一部电视纪录片里看到，那些佛教僧侣每天早晨打坐两小时，然后是一小时认认真真的清扫。他们身着藏红花色的袍子，剃光的头闪闪发亮，每天都提着桶拿着抹布来到世俗的世界，清理所有需要清理的东西，或者是一堵墙，或者是一个旧栅栏，任何有危害的、不整洁的东西。我有点明白他们这样做会给自己带来什么了。

我手里拿着湿抹布，一刻也不停。我把手伸到洗涤槽下面，擦拭那个不容易够到的下水弯管。明天我准备给地下室的楼梯快速除一遍尘，不过角落里我也会清扫到。

我并没有傻到无法理解自己奇特的爱好，木头和骨头，管道和血液。用丹妮尔·韦斯特曼的话说就是，我们使用比喻不是为了分散自己的注意力。即使比喻没有什么变幻不定的姿态，它本身依然对我们具有强大的影响力。比喻就像我们孩提时观察到的牡丹花丛那样真实，我们平躺在草地上，盯着叶子和花瓣的反面，惊叹：呀，这是秘密的领地！我们以为这是一个成年人无法看到的颠倒过来的世界，有甲壳虫，有蚯蚓，有蚂蚁群，还有腐烂过程中散发出的甜酸味儿。可实际上，谁都知道这个可以感知的世界什么也不代表，它只代表世界本身。

我为这座属于自己的房子除尘抛光，这样就能让它免于破败。如果我精心对待它，我就能使我那去追求美善的女儿诺拉回来。那致病的污秽，始于一个任性的念头，然后像传染病般扩散开来，那荒唐的概念——来自道教？——沉默胜于言语，无为好于有为，都是我所反对的。也许，特别是最近，我打扫也是因为麦金太太的缘故，想要向她致敬。是啊，我渴望对她讲，所有的焦虑和迷茫都值得。我还年轻，还会叹气：有什么用呢？不过我也已经足够成熟，不再期待答案。

我匆匆地清理着屋子，每个小时都匆匆忙忙。每天我都会瞟上一眼橡木楼梯扶手。我们手摸着弯曲的扶手上下楼梯，使它光泽鲜亮仿佛有了生命。这个扶手稳固地支撑着我们，一直那么优雅，反射着光影，它延展自己，帮助人们抵御那寻常的、无尽的孤独。我怎能不赞美它，不时常抚摸它丝绸般的表面呢？事实上我每天都在抚摸它，更别提给它上柠檬味喷蜡时那快速的、一闪即逝的快意了。我和丹妮尔·韦斯特曼讨论过家务活这个事情。不出意料，她一副嘲讽的表情，认为女人成了她们财产的奴隶。购买后又要维护——这腐蚀掉了女人的创造性，腐蚀掉了任何人的创造性。但是我看见过她摆设陈列架上的物品，而且她摆桌子的时候小心翼翼，即便只不过是我俩在阳光房吃顿午餐而已。

尽管我们相差四十岁，我还是觉得自己很了解她，但她的观点常常令我感到意外。韦斯特曼博士：诗人、散文家、女权主义幸存者，拥有二十七个荣誉学位。一次我指着她回忆录第一卷的一处地方，用尽量委婉的口气说："把这儿的心字换成脑字也许更好一些。"

她用疑问的目光扫了我一眼，蓝色血管明显的眼睑往上动了动。怎么啦？我解释说把心脏当作情感之所在早已过时了，批评家们斥之为古怪、做作。她想了几秒钟，然后不无埋怨地对我笑笑，把手放在她的胸前。"可是这儿是我感到痛苦的地方，"她说，"也是我感到温情的地方。"

我不再争论。译者总是——必须——考虑作者的意见。经过这么多年，这一点我还是知道的。

除了打扫房子，我还可以用我的时间干别的事情。有那本配了莎士比亚引文的动物书，是和《莎士比亚与花卉》配套的。或者也可以完成正在翻译的韦斯特曼回忆录的第四卷——也是最后一卷，这会花上大约半年的时间。但我却在写第二部小说，写得很慢，因为早晨一醒来我就急着想清理屋子。清扫时我想用棉签和牙签，每个缝隙角落

50

都要擦净擦亮。每听说一种新的清洁产品我就想马上拿到，我停不下来。每天睁开眼，我都要用这一天将要完成的活计宽慰自己。我发现很有必要学会用与众不同的办法来安慰自己，也很有必要原谅自己的古怪做法。下午站着吃点奶酪和饼干聊作午餐后，我就开始写我的小说，好的时候，能写两页，有时三页或四页。我坐在我的自由牌人体工学椅子上想：我就在这儿，一个坐着的女人。一个思考的女人。可我总是着急忙慌，总是不能集中精力。星期二我和朋友在奥兰治镇见面喝咖啡，星期三我去多伦多，每隔一周的星期四下午则是图书馆管委会开会的时间。

我在家里待了好几天，就为了等希望青年旅馆的奎因太太的一个电话——结果除了知道一切都没变外，没有其他的消息——然后上周五我和汤姆去多伦多参加了一个在博物馆举行的为期一天的三叶虫会议，我们甚至参加了一个讲座，觉得这样可以分散一下注意力。一名古生物学家——一个来自明尼阿波利斯，名叫玛格丽特·亨利克森的女人，在一间光线很暗的屋子里做讲座，她边讲解边用数字技术展示一个三叶虫是如何蜷缩成小球的。谁都不曾见过三叶虫，因为它们只存在于化石里，但从化石里可以看出它们完美的多骨胸廓。受到威胁时，这些生物能够卷起来，每一节都与下一节交叠，保护里面柔软的腹部。这一行为被称作卷曲，是节肢动物很常见的行为，我觉得汤姆过去这几个星期就是这样子。我清扫屋子，他"卷曲起来"一言不发，这种沉默使他离我越来越远，比麦金太太那转瞬即逝的身影还远。麦金太太像一粒落在我眼角边的微尘，她不明白在 1961 年 3 月的那个晚上为什么她没被邀请去参加她朋友的新生儿送礼派对。这使她很苦恼。她对自己感到失望。她的生命一天天地消耗殆尽——她第一次明白了这个道理——她不假思索地吞咽着消耗她的火焰，现在突然间感到如此空虚。她对那巨大的、单一的悲哀毫无准备，而且她也不知道她的余生将这样度过，住在一个不断破败下去的房子里，连房子都不希望她住在那里。

在多伦多开完会后，英国来的一些研究三叶虫的同好想去位于布卢尔西街的一个名叫"边陲酒吧"的地方吃饭，那里的布置装饰是蛮荒西部主题的。他们是在一本旅游指南上看到的，觉得这地方可能会有意思。

"边陲酒吧"所有的东西都很夸张——从钉在墙上的牛皮到顶端有小塑料牛仔帽的搅酒棒。饮品的名字都是"牛仔伦巴"和"疯狂驴叫"这样的，我们要了一瓶上好的白葡萄酒，不过觉得有点气势不足。在道晚安之前，我离座去了卫生间（"赶牛女郎围栏"），在那儿我发现每一个厕位的门后都有一块带粉笔的小黑板，这是酒吧为了避免人们乱涂乱画采取的一个对策。

我常常和汤姆谈起公共卫生间乱涂乱画的现象；我们比较过那些标记。女人写在墙上的内容甜美感人，天真无邪。汤姆不太相信。"明天被取消了"，一次我看到。另一次则是"萨斯喀彻温省万岁！"，还有一次是一首小诗："当你尿花花/流水哗啦啦/溅到马桶上/宝贝请擦擦。"我尤其喜欢那种水平稍逊的诙谐幽默，喜欢那些似乎唯有以简化、省略、临时的形式才能圆满表达的念头。

我以前从未想为卫生间的墙上文学添加一笔，但是在边陲酒吧的那个晚上，我毫不犹豫地拿起了粉笔，我头痛难耐，如鲠在喉。

不过，我首先用一块湿纸巾擦拭黑板，擦掉了"你好，妈妈"和"萝莉放了屁"，给自己腾出一块地方。"我的心碎了。"我用大写字母写道。一时冲动——我后来才意识到，这冲动来得突兀、不成熟、放纵、浮夸，却有力。随后我又心血来潮，在角上画了一个小心形，一条锯齿线从中穿过，我心里很清楚这画简单又笨拙。

　　我一下子觉得心中的压力释放了好多。某种类似快乐的东西与我擦肩而过，那一刻我仿佛对自己施加了魔法，我不仅是发出者也是接受者，不是死的，而是活的一环，连接了那不断积累、几近难以承受的悲哀。我相信就在那一刻，我满怀热忱地刻下了最隐秘、最令人忧虑的洞见，而不是哀怨、夸张的涂写——尽管实际上就是。而且，这样在厕所里展露悲哀也是我一直以来的一个夙愿。

　　我出去找到聚在酒吧外面人行道上的其他人。他们没有注意到我离开了很长时间，也许我真的只离开了一小会儿。每个人肚子里都装满了上好的葡萄酒和差劲的食物，他们在谈论多伦多，奇怪"边陲酒吧"这种滑稽可笑的怪地方居然还没倒闭。汤姆用手臂揽住我的腰，啊，多么体贴，我几乎要相信自己会把怨恨抛到九霄云外了。夜晚的空气相当冷，快到冰点以下了，但是，几个星期以来，我第一次能够深呼吸。我的心碎了。我紧紧咬住这几个字，然后将它们吞了下去。

那　么

"那么——"我女儿诺拉曾经问我——她那时大约九岁，"你和爸爸到底为什么没有结婚？"

我等待这个问题已经有几年了，所以有准备。"其实我们结婚了。"我对她说，"按'结婚'这个词真正的含义，我们是结了婚的。"星期六的上午，我和她在奥兰治镇的一家鞋店里，这是唯一一家不在购物中心的鞋店，诺拉正在试穿新的校鞋。"我们一直都在一起，这就说明我们已经结婚了。"

"可是，"她说，"你们没有举办婚礼。"

"我们办了个招待会，"我愉快地对她说，将注意力从婚礼转移到招待会一直是我计划中的一部分，"我们在你爸爸的公寓里为朋友和家人举办了一场晚宴。"

"什么样的招待会？"

我轻易就将她的注意力引到了一边。"我们吃比萨、喝啤酒,"我说,"还用香槟祝酒。"

"温特斯奶奶在场吗?"

"哦,没有。温特斯奶奶和爷爷后来给我们另外举办了一个招待会。类似茶叙。"

"你穿的什么?"

"你是问在那个吃比萨的招待会上?"

"对。"

"我穿着艾玛·埃伦用非洲棉布做的一件长衫,上面印有蓝黑相间的图案。你见过那个图案。只是那时她叫艾玛·麦金托什。"

"她是你的伴娘吗?"

"算是吧。我们那个时候不用这个词。"

"为什么不用?"

"那是 70 年代,不时兴婚礼。那时人们觉得婚礼不重要,两个人真正彼此相爱更重要。"

"我不喜欢这鞋。"她在椅子上晃动着。

"那好,我们别买这鞋了。"

"你那会儿穿的什么样子的鞋?"

"什么时候?"

"就是吃比萨的那次。"

"我有点记不得了。哦,对,我记得。我们没有穿鞋。我们光着脚。"

"光脚?你和爸爸?"

"当时是夏天,非常炎热的一个夏日。"

"那挺好的。"她说，"真希望当时我也在场。"

这个很好回答。"我也希望你在场，"我说，真诚地，"那样的话那天就完美了。"

"那么，有什么新进展吗？"一星期前艾玛·埃伦从纽芬兰打来电话。从在多伦多上高中时起她就一直是我的朋友。我们两人说话时心照不宣。我们的大脑以同样的方式运转。她是个作家、医学记者，长着一头红发，身材瘦高。她和丈夫、孩子曾经在奥兰治镇住过一小段时间，也和我参加过同一个作家研讨班。我们一星期至少通一次电话。当她问是否有新进展时，她说的是诺拉，是诺拉住在街上的事。

"她还在那儿，每天都在那儿。"

"也算是点安慰吧，"她慎重地说，"尽管算不上多大。"

"我担心天气冷了。"

十月份了，几乎每晚都有霜冻。我们这儿还下了场雪，不过已经化了。

"保暖内衣？"艾玛问。

"好主意。"

"不过呢——"

"什么？"

"寒冷的天气也许会逼她回家。你知道一场寒流会让人们清醒过来，开始照顾自己。"

"我也想到了。"

"我猜你可能想到了。"

汤姆的父亲曾经是奥兰治镇的一名家庭医生，汤姆也在奥兰治镇当了家庭医生。事情其实并非如此简单，可最终结果都一样。他还是学生的时候，便公然反抗成规，甚至差一点成了左派。他没去参加自己的大学毕业典礼，因为典礼要求穿学位服。十年来，他只穿牛仔裤。他没有领带，也不打算买，从来都没打算买——这是自由派的常见标志。他的天性是小资情调的，但他却要和自己的这种天性做斗争。也就是说，他过着已婚男人的生活，却回避婚礼。总体来说，他与他那爱生气、易伤感的父亲不一样。汤姆是个大好人，奥兰治镇有些人是这样认为的，那么耐心，那么仁慈，言语不多但却值得信赖。他和另外三个医生一起在奥兰治镇诊所工作，其中一个是产科医生，要照管这个地区大部分的分娩。汤姆也希望见证孩子出生的时刻。他接诊了很多生病的人和孤独的人。通过汤姆我才知道孤独竟如此普遍，否则我根本不会相信。

　　我相信他总是想着三叶虫。甚至在检查前列腺或是开哮喘药处方时，他的一部分心思也牢牢地定在这种五亿多年前的东西上——对我来说莫测高深——那曾生活在世界上每一片海洋里，已经灭绝了的，难看的节肢动物。它们存在了很长时间，大约有一亿年[1]。有些只有拇指指甲的一半大，有些则有一英尺长。最近在哈得孙湾岸边发现的一个巨型三叶虫化石，有七十厘米——也就是约两英尺四英寸[2]长。这是一种难看但适应能力很强的生物。三叶虫，遗骸保存得很完整，有

1　一般认为，三叶虫存在的时间有3亿年左右。——编者注
2　1英寸约合2.54厘米。——编者注

着突出眼睛的头部、胸部和所谓的尾部；曾经是一个由三部分构成的小生命。汤姆非常喜欢它们，所以我们也都喜欢它们。

"那又怎么样！"克里丝汀说。当时我在她冬天的风衣口袋里发现了一截弯曲的香烟，所以质问她。

"你为什么要查我的风衣呢？"

"我要往洗衣机里放，所以就检查了一下口袋。"

"如果你担心的是上瘾的话，我没有。"

"不错，我担心的就是这个。"

"那好，我没有。我只是抽了几根。和朋友一起。"

"克里丝汀，我怀你的时候，有九个月我滴酒未沾。我从没吃过阿司匹林。我每天喝三杯牛奶，你知道我讨厌牛奶。"

"哇！你为了做母亲可是做出了巨大的牺牲啊。"

"我是希望你能健康。"

"这样你就可以让我在长大后有负罪感。"

"我只是希望——"

"难怪诺拉——"她不再往下说了。

难怪诺拉离家而去。我盯着她的脸，从那失落的表情中能够看出她差点脱口而出的话。

"没关系。"我说，用胳膊将她搂住。

"本来我也不喜欢抽烟，"她低声说，"就是想有点事情做。"

"那——么——"

当人们在对话中准备进行一番叙述，或是要为你叙述的故事清出一点空间的时候，就会说这个词。这个词可以根据具体情况用不同的语调来说。

"那么——"

与萨莉·巴切利、安妮特·哈里斯和琳·凯利一起喝咖啡的时候，这通常是我落座后说出口的第一个词。那么——意思是说，我们又来到了奥兰治花之茶馆。我们是奥兰治镇的咖啡"怠太"，相聚在某个星期二的上午。最近怎么样？"那么"就像双簧管，向弦乐器发出一个 A 音。那么，我们从哪儿说起呢？

除了已经基本失去联系的艾玛·埃伦和格温·雷德曼，这三个人——萨莉、安妮特、琳——是我最好的朋友。我们年纪差不多，但身材差异却很大。萨莉又高又胖，仪态高贵。她的圆脸上长着圆圆的嘴，戴着厚厚的塑料圆框眼镜。她过去是个演员，现在开办了一个课余戏剧班。她模仿口音的技艺非常高超：苏格兰、德国，甚至东印度的口音，都不在话下。连她肩膀的动作都很戏剧化，胳膊肘和手腕也是。她的衣服都是她自己设计并缝制的，式样宽松飘逸，色彩鲜艳，而且打着褶裥，非常漂亮。

"那么——"琳·凯利说，她穿着色调柔和的衣裤套装，非常合身，搭配着从百货商店买的首饰，脚踩平底鞋。她在我们当中个子最矮，不到五英尺，精瘦精瘦的。她是怎么从那么小的胯骨中生出两个孩子的，这还真是个谜。不过她头发蓬松，一头浓密茂盛的黑发缠结在一起，弥补了她身材的瘦小。她说的每一句话后面似乎都跟着句号。她出生于北威尔士，并在那里完成了学业。

安妮特·哈里斯从多伦多来到奥兰治镇，更早前她在牙买加。她说那么这个词的时候，会拉着长长的调子。我们中间她的身材最好。她有着模特般的身材——纤细的腰肢，丰满的胸围，两条美腿和漂亮的双手。她衣着朴素，只戴了手工制作的银手链和耳环。我是在作家研讨班上认识安妮特的。那时她在写诗，现在也还在写。一年前她的书《失去的东西》出版，很受欢迎。她在多伦多举办了一场朗诵会，一票难求。

那么，我们四个人在奥兰治花之茶馆相聚的时候谈些什么呢？我们从来不考虑谈什么；我们就只是谈。

今天琳在谈有关信任的话题。她很热衷骑车，她的自行车就靠在窗户外面的某个灯柱上。"我怎么知道车子不会被偷？"她问我们，"我凭什么确定车子安全？"

"因为是在奥兰治镇。"萨莉说。

"因为学校还没放学。"我提示说。

"因为是一辆骑了二十年的车子。"安妮特说，"倒不是说车不好。"

"为什么，"琳继续说，"我会毫不担心地沿着博登路骑行，然后拐到主街上？我戴着头盔，而且尽量靠路边骑，可是如果有个司机突然路怒发作，径直朝我撞来，我该怎么办？"

"我不觉得这个时间在奥兰治镇会有很多路怒发生。"我说，想起刚才出门时没锁门。

"我不信，"安妮特说，"怒气冲冲的人哪里都有。"

"此时此刻就可能会有人挥舞着刀走进这家咖啡馆。我读到过，英国就发生过一名男子闯进教堂砍人的事件。"

"他疯了。"

"这种事永远也无法预料。"

"就像被闪电击中一样。总不能走到哪儿都担心闪电吧。"

"或者是飞机失事撞进你家。"

"如果有人拿着刀进来，"琳冷静地说，"我们根本无法幸免。"

"我们一点办法也没有。"

"我们可以钻到桌子底下。"

"不行，我们毫无办法。"

"在我们出生时，信任就被牢牢地钉在我们身上了。或者说，我们从子宫里出来时就已经开始信任了，信任那只将会托住我们的手。"

"那么，"琳说，"这个观念是什么时候被打消的？"

"你是说怀疑是什么时候干涉进来的？"

"立刻，"我说，"出生后一秒钟。我对此确信无疑。"

那么，日复一日，早秋，中秋。娜塔莉和克里丝汀两人都在中学上演的《睡衣游戏》音乐剧里扮演了小角色，在家里她们总会大声唱起剧里的歌曲，这么多年过去，这些歌仍然美妙动听。"希兰度的秘所""七分半"。我有暖——气。这是娜塔莉最喜欢的一首；她放开嗓子，一边下楼梯一边唱，从这边走到那边，靠在扶手上，两臂张开；克里丝汀在楼梯上紧跟着，低声唱和打着节奏。汤姆正在为明年在爱沙尼亚召开的三叶虫会议写一篇论文。"你不想去爱沙尼亚看看吗？"他问我。我不知道。这要看诺拉，看诺拉的情况。我在努力写我的新小说，可是常常受到干扰。丹妮尔的新书销得不错，尽管作者并没有去跟读者见面，也没做一点点推广。日子就这样过下去。

否　则

　　两年前我还过着另外一种生活，那时我几乎不知道心碎这个概念。受伤的感情，些许的侮慢，微不足道的损失，轻微的背信弃义，甚至不好的书评——那时我认为悲伤只来源于此：悲剧就是有人不喜欢我的书。

　　我写了一本小说，没有什么特别的原因，只是觉得在我人生的这个时候该写一本小说。我的出版商派我去四个城市参加新书推介活动：多伦多、纽约、华盛顿和巴尔的摩。很简单的一个推广——也许你会这么说，可是斯克里巴诺－劳伦斯出版社不知道该拿我怎么办。我以前从未写过小说。我是个四十多岁的女人，长得并不算特别漂亮，肯定也不会应对媒体。即便有些名气，也是作为一个编辑和学者，而不是因为我出人意料地创作了一部"清新、明亮、春意盎然的小说"——《出版人周刊》是这样描述的。

《我的百里香出苗了》销量不错，让所有人都有些迷惑不解。我们不知道谁会走进书店买这本书。我不知道，斯克里巴诺先生也不知道。"可能是那些苦闷的职场女孩，"他猜测说，"她们孤独，缺乏安全感。"

这些话让我感到有些难过，后来的书评——尽管还算不错——也多少让我有些受伤。那些评论家似乎很惊讶，发现我这本薄薄的小说（正好200页）竟还有一定的分量。"出乎意料地引人入胜。"《纽约时报书评》说。"温特斯太太的书注重的是眼下，恐难成传世之作。"《纽约客》评论说。汤姆劝我将这些评论看作夸奖，他的观点是，所有好书都对其所处的时代十分关注，有时多年之后，书还是原来的样子，却添了一层永恒的光辉。我对此并不那么确定。作为丹妮尔·韦斯特曼作品的长期编辑，我对她苛刻的道德立场非常敬佩，敬佩得有时近乎有害，我非常清楚自己的作品只是多少有点让人喜爱。

我的三个女儿对这本书的出版都很高兴，因为《人物》杂志在文章中提到了她们的名字。（"温特斯太太住在安大略省奥兰治镇郊外的一个农场里，她的丈夫是一位家庭医生，有三个漂亮的女儿：娜塔莉、克里丝汀和诺拉。"）对她们而言这就够了。漂亮！诺拉，三个人中文学素养最好、最活泼多变的一个——娜塔莉和克里丝汀都在奥兰治镇中学的理科快班——嘟囔着说如果我省掉那个美满的结局，要是艾丽西娅最后决定去巴黎，而且罗曼不爱她的话，那本书会更好。我女儿认为艾丽西娅种在窗台花箱里的百里香种子，还有她无精打采的情绪和热切的期望中，有太多夸张的甜美；而且任何正常的人都不会说出（像艾丽西娅说的）那句话——罗曼在厨房里冲煮过滤式咖啡时，听到了将他和她永远拴在一起的那句话："我的百里香出苗了。"

这本书获得了欧芬登奖，有奖金是好事，只是书的重要性却降了级。克拉伦斯和玛戈·欧芬登由于不满意当代小说的晦涩，在70年代设立了这一奖项。"欧芬登奖表彰品质优良且通俗易懂的作品。"这是他们的评奖标准。克拉伦斯和玛戈是一对好心的夫妇，他们富有，但考虑问题的方式有点简单，而且玛戈尤其喜欢重复她所谓的创造不朽之作的诀窍。"开头、中间、结尾，"她常说，"这样的要求还能算高吗？"

在纽约的颁奖仪式上，她拥抱了汤姆和女儿们，告诉他们我在作家中是如何出类拔萃，那些耍弄错综复杂和矫揉造作把戏的浅薄之人，写作时根本没有把读者放在心上，他们玩的是自娱自乐的自私游戏，将每件事情都罩上黑暗的面具，不管恰当与否。比如，他们在每一章里都要安排一个出入口，或是椅子，就是为了让人感到困惑和费解。"能够发现世界上还有阳光存在，"玛戈对着汤姆的耳朵开心地说，"真是莫大的快乐。"我接受了电视采访，坐在一张瓦西里椅子上，膝上还有一只猫。某人——导演或是制片人——坚持要有猫，说这关乎形象。

我不认为我是个阳光的人。实际上，要是我祷告的话，我会祈求不要每天那么阳光十足。丹妮尔·韦斯特曼，她的生活，她对自己生活的反思教会了我这一点。别向自己隐藏你灰暗的一面，一次她对我说，因为那是推动人不断前进的动力，能让你躲开令你盲目的辉煌。当然她是在女权主义早期的艰难岁月里说的这话，没有人指望她能从中挣脱出来，走向快乐。我记得在开始我的小小旅行的时候，我确实感到了人在特别幸运时会产生的那种挥之不去的焦虑——随时随地，也许下个星期二下午，就会有令我难以承受的事情发生。

纽约颁奖之后，我和家人道别，坐火车去了华盛顿，在乔治敦区的一家酒店落脚。我的出版商给我预订了酒店顶层一个名为"作家套房"的地方，门上的铜牌公然写着这个令人有些吃惊的名字。我，穿着米黄色风衣的作家，来自奥兰治镇的莉塔·温特斯太太，手拉着小行李箱蹑手蹑脚地走进门来，四下张望，不敢想象会发现什么。套房里有一个客厅、一间卧室、两个带浴缸的卫生间、一张非常宽大的床、好几张沙发——我住的时间很短都坐不过来，还有一张用三本摞起来的大假书支撑起的玻璃面茶几。一个大书架上摆放着那些曾经在这个套房里住过的作者的书籍。"我们一般会请客人赠送一本自己的作品。"前台服务员告诉我，我只好解释说我只带了一本朗读要用的书，不过我会尽量从当地书店弄来一本。"非常感谢。"她很真诚地说。

作家留下的书令人失望，主要是什么灵感宣言或自救手册，还有几本惊悚小说。我并非自视清高之人——比如说，我也会看杰姬·奥纳西斯[1]的传记——但与丹妮尔·韦斯特曼这类作家的密切联系让我习惯性地期待些许神秘感或微妙，而这些书里完全没有。

在那张宽大的床上，我做了个令我不安但又并不陌生的梦——我

1　杰姬·奥纳西斯（Jackie Onassis，1929—1994），即杰奎琳·肯尼迪，美国第35任总统约翰·菲茨杰拉德·肯尼迪的遗孀，于1968年嫁给希腊船王奥纳西斯。

离开奥兰治镇、离开家时常做的那种梦：我站在家里的厨房里，为客人们准备复杂的一餐，却没有足够的食材。冰箱里只有一个鸡蛋，或许还有个西红柿。我怎么去喂饱那么多张饥饿的嘴啊？

我知道解梦专家会怎样分析这个梦：食材缺乏代表爱的缺乏，无论我怎样充分利用那个鸡蛋和西红柿，莉塔·温特斯都永远无法满足每个需要她的人。要是我犯傻将这个梦告诉我的老朋友格温，她肯定会这样解释。我正盼望着能在巴尔的摩见到她呢。格温痴迷于写梦境日记——我还有好几个朋友也是如此——要是听到别人的梦，觉得值得记录的话，她也会记下来。她在最近一封信里说，她是一个占梦师，已经完成了一门关于释梦的进修课程。

我反对这种缺乏爱的说法。我认为梦是另外一种语言，一种并不需要我们去学习的语言。我倾向于认为，空冰箱梦仅仅暗示着我日常职责的突然终止或中断。二十多年来，我一直负责和我生活在一起的几个人的一日三餐。也许我并没有意识到这个职责，但在某种程度上我确实需要不停地计算用餐人数并分配家里的食物：汤姆和女儿们、女儿的朋友、我的婆婆，还有来往的熟人。而且还有狗要喂，要给后门那儿狗的水碗里加水。离开家，没有了做饭的责任，我那未执行的计算像没熄火的发动机一样偷偷潜入我的梦里，让我仍然念叨着存储不足的食物以及我毫无准备这个事实。这不过是梦里一场小小的危机，可我醒来时总是有恐惧的感觉。

《我的百里香出苗了》是我第一部小说，而且我的名字也不为人知，所以我在华盛顿几乎没什么事可做。斯克里巴诺先生本来就担心会发生这样的情况。电视台不感兴趣，电台回避小说，负责为我的书做宣传的人告诉我，除非有像癌症或虐待儿童之类的"话题"。

到达的第二天上午我只用两小时就完成了我应做的事情。我搭乘出租车到一家名叫"政治与散文"的书店，为三位表情困惑的顾客签了名，然后还在书店工作人员好心拿来的几本待售的书上签了名。我应对得很糟糕，对买书的人过于热情洋溢，话说得太多，想让他们像爱我的书那样爱我，想让他们做我的好朋友——你或许会这样认为。（"请叫我莉塔，大家都这么叫我。"）我的发卡松动了——这种情况很少出现的——头发在我发热的脸前晃动。我很想说，抱歉我没能再年轻一点儿，再可爱一点儿，不像小说中的艾丽西娅那样，没有她那纯真明朗的嗓音和举止。我对我通过商品目录买的红色套装感到不自在，也记不清我在作家套房里醒来时是否用了除臭剂。

"政治与散文"书店之后，我又坐出租车去了一家叫"书页"的书店，那儿根本没有顾客买书，两位年轻的店主带我去一家意式小餐馆吃了一顿很不错的午餐，还坚持要免费赠送一本我的小说，让我放在作家套房里。我下午没有安排，一整个下午，什么都不需要做，就等第二天早晨乘火车去巴尔的摩。斯克里巴诺先生告诫过我旅途中或许会感到寂寞。

我返回酒店，梳洗一番，将我的书放到书架上。可是我为什么要返回酒店呢？是什么样的归巢本能将我带回了这里？我本可以出去参观博物馆，或是去游历一下参议院会议厅。我拥有一个长长的春日下午，还有晚上，因为没有人请我吃晚饭。

我决定去乔治敦区购物，我在出租车上看到好多时装商店。我女儿诺拉的生日是5月1号，再有一星期就到了，她想要一条漂亮而且质地好的围巾。十七年来，她从未拥有过一条围巾——如果不算她坐校车时戴的羊毛围脖的话。但自从她在十二年级时随班级去了一次巴黎，她就一直说想拥有一条每个时尚的法国女人都围的那种围巾。那种围巾是丝质的，非常艺术地、随意地垂着，其他质地的围巾都不可能有这种垂感；它们的颜色能使最不起眼的衣服陡然增色，比如那些松垮的海军蓝风衣或是她们随便穿的廉价的黑色针织开衫。

在奥兰治镇我从来都没有时间购物，事实上，在那儿也买不到什么东西。今天我可是有时间，很多时间，所以我穿上我的低跟轻便鞋，出发了。

乔治敦区的时装商店分布在一些正面窄小的房子中间，这些房子改造得体，飘窗上装有百叶窗帘，周围有小小的花园，看着很是宜人。我那座在奥兰治镇郊外的房子如此庞大而不规整，要是落到这样一个地方，会毁掉五六座甚至更多这样完美无缺的砖石墙面的房屋。花盆的摆放非常殷切，那么精心，那么认真，我猜陶土花盆也用砂纸打磨过，使它们看起来有一种乡村风格。

这些时装商店只有少量的存货，难以想象它们互相怎样竞争。一根架衣杆上可能有六七件衬衫、几件羊绒套衫；一张桌子上随意地点缀着一些贝壳或石头，或新艺术派画框，或摆在展架上的旧明信片。一群身材纤长的女售货员掌管着这为数不多的商品，她们摆弄这些商品时尽显无限爱意，让我突然想把看到的所有东西都买下来。围巾——每个商店都有七八条——都挽了结挂在木钉上，所有的围巾都是纯丝质地，还有手工的绲边。

我从容地逛着。我知道如果有足够的时间，我可以为诺拉买到完美的围巾，不是几近完美，更不是在家时那种心血来潮式的购物。她曾经提到想要亮蓝色、略为发黄的围巾。我会在其中一家商店里找到那样一条围巾。想到自己成了一个精心从容的购物者，我感到一股幸福的暖流。我深深地吸了一口气，真诚地冲着像患厌食症的女售货员微笑，她们好像感觉到了我新的消费冲动，向我推销着。"那个和她不太配。"我很快学会了应对，她们也认同地点着头。她们大多在瘦长的脖子上系着围巾，那精美的结和色彩令我感叹。我也惊叹这些女人竟如此积极地参与我的购物任务。"对啊，围巾当然得和戴的人相配才行。"她们说，或是类似的话——就好像她们很了解诺拉，知道她是个在衣着方面挑剔讲究的人，有很多要求和需要被满足的情绪，她们很想去满足她。

她其实不是这样的。汤姆和我常常觉得她太容易满足了，她总是觉得自己受之有愧。她小的时候，三四岁的样子吧，坐在餐桌边吃午饭，听到有飞机从上面飞过，她抬头看着我说："飞行员不知道我正在吃鸡蛋。"孤独感的降临似乎令她震惊，可她却愿意以镇定的方式表达这种震惊，以免吓着我。如果是两年前的诺拉，她会感谢我给她买了围巾，会高兴我在这件事上花了工夫。可是这一次是我想买，而且有可能收获一条她心仪的围巾。

我从一家商店逛到另一家商店，开始对想要买给诺拉的围巾有了确切的想法，同时也开始认识到这很可能是一项难以完成的任务。这条围巾成了一个理念；它既要漂亮，同时又不能显得张扬，做工必须精良，看上去要挺括。细长一束的那种不是我想要的，不适合诺拉。我想要的应该是厚实有质感，但又柔顺飘逸的那种。这正是诺拉在十七八岁时需要却未能得到的。她是一个不苛求的孩子，这是需要勇气的。一次，在她四五岁的时候，她告诉我她在夜里是如何制止噩梦的。"我在枕头上扭了一下头，"她平淡地说，"梦就换台了。"她就是那样去应对的，而没有大声叫我们或者哭泣；她自己解决了噩梦的问题，而且坦诚地透露了她具有独创性的解决方式——这让我和汤姆都感到欣慰，但是，我必须坦白，我们同时也觉得很有趣。我记得——现在想起来觉得惭愧——曾在喝咖啡或吃饭时把这个故事讲给朋友们听：我那像战士般勇敢的女儿，小小年纪就英武地掌控了自己的生活。

我自己很少戴围巾，我懒得戴，而且，无论什么样的围巾戴在我脖子上，看起来都像是女童子军方巾。打好的结会跑到喉咙处，围巾的角会直直地翘起来，而不是优雅地垂着。我不太会摆弄这些装饰品，我很了解自己，而且我肯定不是个会买东西的人。尽管我在奢侈品面前常常难以自持，但我从来不理解是什么驱使其他女人去追求完美购物的壮举。可是现在我有点明白了，是为了充分地讨好某个人，甚至是讨好自己。在我看来，在那个单纯得近乎愚蠢的时候，似乎我女儿诺拉未来的幸福不在于被麦吉尔大学[1]录取或是有了一个英俊的新男友，而在于拥有某一款服饰，而只有我才能为她提供。我控制不了麦吉尔大学或是男朋友，事实上，我控制不了任何能令她真正幸福的东西，可是我可以提供暂时和必要的东西：这个蜕变之梦，这一小

1　麦吉尔大学（McGill University），加拿大一所一流的公立研究型大学，始建于1821年，位于魁北克省蒙特利尔市。

块丝绸。

那围巾就在那儿，款款地搭在一个粗粗的银色挂钩上，在我进的第二十家店里。小铃铛发出了响声，熟悉的玫瑰百花香再次飘进鼻子里，诺拉的围巾映入眼帘，从头到尾都是菱形图案，每个菱形都巧妙地错开一点：蓝色、黄色、绿色和一种悦目的淡紫色。每一个菱形外都勾勒着黑边，就好像艺术家的画笔随便涂抹的一般。我觉得它闪亮耀眼，摸起来冰凉舒适。60美元。就这么多吗？我毫不犹豫地刷了信用卡。我这一天过得值了。然后，我又看了看，给娜塔莉买了一副月牙形耳环，是银的，还给克里丝汀买了一个三圈珠子的手环。我只用一分钟就做了这些决定，感觉自己充满了让她们兴奋不已的力量。

第二天早晨，我坐火车去了巴尔的摩。在火车上我没法阅读，因为随着沿途景色的变化，火车不停地颠簸着。坐在我前面的两个男人大声谈论着基督教及其令人悲哀的衰败，他们把"耶稣基督"连在一起，就像在说一个人的名和姓——基督先生，对熟人就是耶稣。

在巴尔的摩我同样没有多少事可做，不过午餐时要和格温见面，所以我也无所谓。一个穿着黑色T恤、脖子上戴着几条金项链的年轻电台男主持人问我会如何使用欧芬登奖的奖金，以及我丈夫如何看待我写了一部小说。然后我去了"藏书票"书店（是咖啡店和书店合而为一的那种），给六本书签了名，然后还不到上午十一点，我已经没什么事可做，就等着和格温见面了。

自从奥兰治镇的写作小组之后，我就再没有见过格温。那时我们每个月见两次面，分享并"研讨"我们的作品。诗歌、回忆录、小说，我们把自己作品的复印件带到上午的聚会上，在那儿喝咖啡，吃松糕——那是80年代早期，是松糕流行的年代——友好地相互鼓励，试探着提供建议，像"我觉得你也许还需要再写一稿"，或是"某人物是不是出现得有点晚？"之类的。这些点点滴滴的评论并不会受到曲解，它们是业余爱好者的探索。不过格温讲话时我们都会洗耳恭听。一次她对我写的东西进行了评论，令我很兴奋："那个鲸鱼骨的比喻很形象。真希望我也能想到这一点。"她其实已经在好几家文学季刊上发表过短篇小说了，而且多年以前，还有一篇神话般地被《哈珀斯杂志》[1]买走了。五年前，她搬到巴尔的摩，成为一所小的女子学院的驻校作家，我们的写作小组便开始不规律了，然后就慢慢地解散了。

我和格温倒是一直保持着联系。我在《三把勺子》上看到她的一篇文章，上面标明是出自她还未完的一部小说，便兴奋不已地给她写信。她用了我的那个鲸鱼骨的比喻，我注意到了，而且其实感到受宠若惊。我知道格温的那部小说——她已经写了好几年，她想用一个女权主义的架构描述自己早年间一次失败的婚姻。格温为她那年轻的学生丈夫做出了很多牺牲，但他却对她不忠，背叛了她。在70年代末，她痛苦地陷入爱情里，渴望满足他的每一个要求，便通过外科整形手术将肚脐缝合了，因为他抱怨她那里闻起来"有味"。显然这种抱怨只出现过一次，只是一个令人不快的、短暂的念头。可是出于讨

1　《哈珀斯杂志》（*Harper's*），美国杂志，创刊于1850年，初为文学杂志，之后内容不断扩展，是美国连续发行时间最长的杂志之一。

好或是惩罚，她成了没有肚脐的女人，在肚子中间留下了一个平缓的凹陷。这种无肚脐状态比其他任何事情都更令她悔恨和气愤。她谈到了抹去，她和母亲的关系怎样随着那个最初的联结标记的失去而被抹去——她们本来关系就不好。她在最后一封电子邮件里说，她在了解肚脐再造，不过费用高得过分。同时，她改回了婚前的姓，雷德曼，并且重新开始使用她的全名，格温德琳。

她也改变了穿衣服的风格。我在皮埃尔咖啡店看到她时，立刻就注意到了这一点。她以前的牛仔裤和针织套衫现在换成了看起来像是没有经过缝制和剪裁的大块布料——裙子和罩裙，斗篷和披肩，很难准确地搞清楚那究竟是些什么衣服。那种浅橙色的布从她身上一直包裹到头部，把她的头发完全遮盖住了。我突然想她是不是生病了，在进行化疗，没头发了。可是，没有，我看到了她充满活力、健康、饱满的脸。她没有带手包，只拿着一个印有超市标志的鼓鼓囊囊的塑料袋。这确实让人心生好奇，特别是她把袋子放在桌子上，而不是像我想的那样放在地上。袋子在黏黏的木头桌面上轻微地颤悠着。我记得她总是会带一个苹果、一两本平装书和一小瓶唇疱疹药。

当然，《我的百里香出苗了》快要出版的时候我给她写了信，她回了一张明信片，说："干得不错，听起来蛮有意思的。"

我稍微有点吃惊，她居然没有带一本书让我签名。有一会儿，就是牡蛎浓汤吃到一半时，我甚至在想她是否读了我的书。那所学院付给她的薪水低得可怜，我知道她没钱买精装本的新书。我怎么没有让斯克里巴诺先生给她寄一本赠书呢？

直到我们吃完沙拉点了咖啡以后，我才意识到她根本就没提我的书，也没有对我获得欧芬登奖表示祝贺。不过也许她不知道吧，毕竟《纽约时报》上刊登的启事很小。谁都有可能注意不到。

突然间我觉得让她知道我获奖一事很重要，这念头就像撒尿和吞咽的需要一样强烈。可是我怎么能让谈话朝那个方向发展呢？也许，谈谈汤姆，还有他正在考虑给我们的仓库换新房顶的事——欧芬登奖金来得正是时候——随意地引入这个话题，就能轻松地达到目的。

"是啊！"她开朗诚恳地说，让我明白她已经知道了。"开头，中间，结尾。"然后她咧嘴笑了。

她谈到了她的"东西"，意思是她的作品，听起来仿佛是一袋木棉似的。她的作品在语言方面总有一点令人意外的东西，不过，让我更感兴趣的是她作品中对我们这个世界的折射，比如观察或是矛盾或是间接的猜测。她懂得它们的价值。"他喜欢的是，我的东西总是非同寻常，思路也随意无定。"她提到一个仰慕她的人。她的眼角看起来有点发红，但可能是头巾的反光，那条头巾齐齐地遮到了前额。

她总是说自己没什么想象力，只会从自己的生活中提取素材。但她总是在留意这些被她称为"油灰"的小素材，也就是日常生活中的随意、古怪、普通、黏着的事物，是它们将人类真正的生命瞬间串在了一起。比如，我曾经读过她写的有关扣眼的美妙连复段，里面描写了扣眼——特别是廉价衣服上的——随着时光的流逝慢慢成为碎片的过程。还有一个关于斜面镜子的精彩段落，以及童年时一截木楼梯的味道，上光蜡、木头、令人舒心的一尘不染，它们在故事的一角渐渐堆积，但本身却不会占有任何重要的地位。

她喝咖啡时看起来有些悲哀，比我记忆中苍老，我能看出她由于某种缘故对我感到失望。人总能察觉这种失落感。每一次的相遇都能让我们更好地应对成功或失败。我突然想到我应该给格温提供一点"油灰"，告诉她我前一天的发现：购物和我以前想的不一样，它可以是一项使命，甚至可以说是一种艺术——如果有人坚持这样认为的话。我心里有一件要购买的物品；我无意间得到一大块时间；或许我不仅可以想象这件工艺品，还可以让它成为现实。

"你说你去了多少家时装商店？"她问，我知道我终于让她感兴趣了。

"二十家，"我说，"或者大约二十家。"

"真是难以置信。"

"可是值得呀。刚开始的时候并不觉得，但随着下午时间的推进，越来越觉得很值。"

"为什么？"她慢慢地问。我能看出她努力想显出对我的一丁点儿感激，可她更像是要哭了。

"为了搞清楚它是否存在，我心中的这个东西。这件物品。"

"它确实存在。"

"是的。"

为了证明自己的话，我将手伸进包里，将时装商店那个鼓起的浅色袋子拉了出来。我在桌子上展开粉色的包装纸，向她展示那条围巾。

她拿起围巾贴在脸上。泪水在她的眼里闪动。"这真是太美了，"她说，然后接着说，"你找到了它，就像你自己做的。你用你的想象发明了它，创造了它。"

我自己也差点哭了。我根本没指望别人能懂得我的感受。

我看着她将围巾卷好包在那张薄薄的包装纸里。她慢慢地，用她的指尖掖着纸的边缘，然后将纸包放进她的塑料袋中，眼泪这时再无阻挡地流了下来，弄湿了她粉色的面颊。"谢谢你，亲爱的莉塔，谢谢你。你不知道今天你给了我多么宝贵的东西。"

可是我知道，我知道。

它算什么呢？一条围巾，不足半两重的丝绸，也许更轻，在世上自由地飘扬，使某人开心，这个人或是那个人，都没关系。我看着格温/格温德琳，我的老朋友，然后低头看看我的手，一枚很小的石榴石戒指，那是70年代汤姆在我们相识一星期时送我的礼物。我想到了我的三个女儿和我的婆婆，我已经过世的母亲——她有一种松弛的魅力，需要通过在瓷器上作画来放松自己。我们没有哪个人能得到自己想要的。我好几年前就想到了这一点，现在我相信诺拉差不多知道了有关女性的那个大秘密：想要却得不到。诺拉，勇敢的战士。想象一下有人写了一部名为《女推销员之死》[1]的戏剧。多大的笑话。很明显，我们需要支持，我们不停地向自己提问，却不够坚定。这个世界还不准备接纳我们，这样说令我痛苦。我们的身体组织太柔顺了，甚至你，丹妮尔·韦斯特曼，女权主义的先驱、大屠杀的幸存者、愤世

1　美国剧作家阿瑟·米勒于1949年出版了戏剧《推销员之死》（*Death of a Salesman*），剧中的主角，推销员威利·洛曼辛勤一生却未能发家，只得抑郁自尽。该剧作被视为对资本主义制度下的美国梦相当严苛的批评，同时也让剧作家与剧中角色一道成了美国家喻户晓的人物。

嫉俗之人、天才之辈。还有你，莉塔·温特斯女士，和你那新获取的无用的旧知识、你从前的魅力。我们心太好、太情愿——也太不情愿——把一只贪心的手盲目地伸出去，可是却不知道如何去索要那些我们根本不知道自己想要的东西。

相　反

　　关于女性问题，我得多说一些，谈谈她们如何被打发，得不到最基本的权利。

　　可是我们已经取得了一定的成功，这是普遍的想法。一定的成功是相对于五十年、一百年前而言。实际上并没有，我们已经到达新的世纪，可是我们的生活却根本没有"到达"。我们被打进了台球桌的边袋里，被迫消失。谁也不至于盲目到看不见强者凌驾于弱者之上，并且很可能大获全胜。上个星期天吧，我想，那个我一时想不起名字的老东西出现在二频道的《文学名家》栏目上，他的头四四方方的，骨骼突出、形状均匀，显眼的耳朵紧贴着脑袋，长着一张八十岁的脸，却像个顽童。"你觉得你主要受到了谁的影响？"主持人问他。

　　"嗨……"回答这个问题需要认真的文学思考，可是并不需要太多。"当然了，契诃夫，"他回答说，他的脸柔和得像一团面，"还有哈代¹。当然还有，普鲁斯特²，这个毋庸置疑。"

这个人怎么回事？他难道没有听说过弗吉尼亚·伍尔夫？他难道没有勇气说出这样一些名字：丹妮尔·韦斯特曼或者艾丽丝·默多克³？当然，对他来说不是勇气的问题，而是那个念头压根儿没出现。

不过，等等！这时提到了"女性"问题——是神情凌乱而焦急的主持人提出的，她穿着套装，头发梳理得非常整齐，一边迅速而胆怯地瞟她的笔记，一边冒汗："那么（停顿）女作家呢？女性很显然重塑了 20 世纪的话语。""嗯……"更多的苦苦思考，他用拇指和食指掐着两道眉毛中间面团一样的地方，然后满含希望地对着镜头说："19 世纪那个时候——有一些有趣的女作家。"是的，可是。这个节目三十秒后就结束了，他根本没有打算在他郑重其事地从画面中淡出前提起任何一个女作家的名字。

女性被她们的生育责任拖累着——要是主持人给他时间或是鼓励的话，或者在众目睽睽之下答不上来感到很尴尬的话，他可能会这样说。女性在忙着生孩子，忙着收集能吃的草和植物球茎。你瞧，他可能会舞动着小指，说这可以归结为生物学和命运。女性受到她们自己生物规律的束缚。束缚——一个如此中性、言不由衷的概念，一个转移罪责的概念。

艾玛·埃伦昨天从纽芬兰给我发了一封电子邮件。她和女儿，还有守寡的儿媳妇周末去了一家健康水疗馆，她写道，她盼望能够彻底

1　托马斯·哈代（Thomas Hardy，1840—1928），英国小说家、诗人。

2　马塞尔·普鲁斯特（Marcel Proust，1871—1922），法国小说家，作品以意识流闻名。

3　艾丽丝·默多克（Iris Murdoch，1919—1999），作家、哲学家，出生于爱尔兰。

"被束缚"，从而来一次改变。

　　被束缚。显然是打错了字，而不是我和丹妮尔·韦斯特曼的交谈中有时会经历的那种语言和文化的混淆，我最终还是要翻译她回忆录的第四卷。她一定要把这个过程称为翻译，尽管她已经在英语环境中生活了四十年。我什么时候能完成第二章的翻译，她想知道。她在这一章里进行了长长的回顾，描述了1949年她的第一本诗集在法国出版并获得一片赞誉时，她前夫表现出的不可理喻的嫉妒。这本诗集的名字叫《岛屿》，由格朗蒙出版社在巴黎出版。我发现诗歌本身翻译起来非常棘手（诗歌不是我的长项），但我那会儿还年轻，愿意勉强自己，十分耐心地将词句搬来搬去，低声朗诵——翻译家都知道应该这样，竭尽全力要将诗人的意图完整地表现出来。这些诗歌就像带有活动零件的小玩具，充满对早期女权主义的双关和暗喻，大部分的双关和暗喻我没法译出来——我只能抱歉地说。

　　我们商定将诗集的名字改为《隔绝》。直译成《岛屿》不能完全表达丹妮尔那时作为世界上唯一的女权主义者的感受。她也让我将版权页上的出版商名字由格朗蒙出版社改成大山出版社[1]。谁都知道她既坚决又固执，但有时她的执拗也有几分道理。"这是翻译啊，我的天，"她说，脸上化着粉色的妆，"为什么不能给那些做作的法国出版商一个来自新世界的好名字，一个会呼吸、有心肝的名字？"

　　"通常，"我平静地对她说，"改变外国出版商的名字不是翻译的常规做法。"

1　格朗蒙（Grandmont）在法语中的字面意思是"大山"。

谁定的这些规矩，她想知道，不过我知道从长远来看她会信任我的判断。她热爱生活，对清规戒律没有耐心。我和她已经共事多年，但即使在早期我们也能互相理解，会婉转而得体地提出一些小的建议或异议，这样也就避免了实际的冲突。我们对引号的使用有分歧，但涉及语言风格时我们又一致了。例如，她拒绝用屁股这个词来指代人的臀部，我和她在这一点上意见一致。啊，我们俩真的很讨厌那个词！屁股，屁股，屁股。我们相处融洽，也没有理由不融洽地相处。我们都明白——虽然各自的方式稍有不同——恰如其分地使用合适的词是多么令人宽慰。

从根本上讲我们是两个女人——她经常这样表达环绕并维系着我们各自精气神的那种睿智气息——我们两人都具有女人基本的人体构造、女人的脏器系统以及软组织结构，具有女人那毫不留情的循环周期，这些周期引发的烦躁惊人地相似。而且，我们俩喜欢犀利的语言，当文字变得模糊不清时，我们也都具有女人式（在我看来）的容忍。她明白严格的学术研究的意义，同时也懂得如何防止自己的才智膨胀。

但是她的生活并非我的生活。她工作更努力，也更勇敢，因为她不得不这样。有很长时间她把自己的政治立场隐藏到文学传统这样的装饰后面。突然，她的传统阶段结束了，剩下的是一大堆尖锐的问题，有些是直接针对我的。我怎么能够允许自己和一个男人生活在一起？她不止一次问我。她永远都无法理解我怎么能接受暴虐的插入。不知什么原因，她每次用法语说出这个词时，听起来就好像它在英语中不存在似的。谈到这个问题，她就会滔滔不绝，慷慨陈词，尽管她渐渐开始喜欢汤姆了，而且她自己也并非不了解插入——但那是她的另一段人生。

还有我们的三个女儿，每一个她都认识，而且也非常喜爱，但她却不懂我为什么要为女儿们付出，为什么我的身心一刻都不能与她们分离。她对诺拉有家不归的状态很是担忧，每隔一天就打来电话了解她是否回家了。她甚至打出租车到诺拉所在的布卢尔街和巴瑟斯特街交叉的街角，带着一大篮子水果，大声地对诺拉讲话，就好像对着扩音器一样，说她愚蠢、迷失了方向，是个令她的妈妈无法工作的傻女孩。诺拉根本不抬头，丹妮尔疲惫不堪地向我报告，耸耸肩说：我们能做些什么？

丹妮尔·韦斯特曼至少没有像我的许多朋友那样，把诺拉的行为说成是一个"成长的阶段"。她认为诺拉只是像没权没势的女性那样不得不进行习惯性的避难：她接受了没有任何权利、全然被动的状况，一种无能的敬虔。她以不做任何事情的方式宣告她拥有一切。

"再说一遍。"我说。她就又说了一遍。

"用法语说。"我要求，想证实她所说的。

她立刻同意。"诺拉只是像没权没势的女性那样不得不进行习惯性的避难：她接受了没有任何权利、全然被动的状况，一种无能的敬虔。她以不做任何事情的方式宣告她拥有一切。"

我对她的见解半信半疑，不过，不相信占了上风。我不愿意相信诺拉会关心我们通常描述的那种本质：权力或权力的缺乏。她处于某种错乱的状态，而且随时——下个星期，下个月——会打个响指，然后回归正常的生活。是的，是的，丹妮尔·韦斯特曼说，诺拉非常聪明，不会想入非非，尤其不会设计那种聪明的颠覆，通过中止存在来宣告她的存在。不过，丹妮尔不明白我为什么不继续翻译她的回忆录，或者说我为什么要去写一部小说。她对小说有一种18世纪般的深深的怀疑，尽管她不会承认。

我也不知道我是否能理解自己，为什么竟在这样一个烦恼的时候，开始朝喜剧小说那个轻浮的方向发展。是斯克里巴诺－劳伦斯出版社的斯克里巴诺先生鼓励我重新开始写一部小说的。难以置信的是，在《我的百里香出苗了》大获成功之后，他没有想到出版利润。利润不是会从他那张金贵的、厚厚的老嘴里说出的字眼。他是从那个尊崇——或许有些过于崇拜——写作行为的、已经消失的世界中游离出来的一个残片。他是一个老式的出版商，一个老式的人，他想的不是利润，相反他认为一个女人要是有个令人苦恼的女儿，那么关注并参与另一种生活可以很好地分散她的注意力。"写点虚幻的东西，"他从纽约打电话说，"亲爱的温特斯太太，每天用一个小时写点东西让你远离悲伤。或者两小时。"然后他说，"这个世界迫切需要娱乐。"

现在我下午写作，带一壶茶和一个杯子去我的储藏间。在写作上我努力自律。娜塔莉和克里丝汀今天放学后要练习篮球。汤姆六点左右会接她们回家。佩特已经卧在厨房里的阳光下，准备午睡。他喜欢仰躺，像个大毛毯，后腿展开，前爪折起，盯着你，像狼一般腼腆地咧嘴笑着。爬楼梯的时候我尽量轻轻地呼吸，就好像我心中那种刻意的安宁会与我极力想要置之脑后的一切边边角角连到一起。然后我打开电脑，开始工作。我觉得如果我真心想"好起来"，这是世界上唯一可以开始的地方，舒适地坐在我的旋转椅中，就像栖息在窝里的母鸡。

我无意像有些人那样总是处于悲伤的状态。我看了一下，那条路上一无所有。安娜·卡列尼娜被问及在想什么的时候说："总是在想我的幸福与不幸。"我不会像她那样回答。那种直白的思维只能导致空虚。不，奥兰治镇的温特斯女士更愿意在刻意的操控下运用精心策划的策略躲避悲伤。她可以本能地逃脱悲伤的召唤。对内心各种程度的审视都令她难为情。两年前有一位评论家指责《我的百里香出苗了》的作者——我，"善于"描述幸福的时刻，但对不幸的处理却有些笨拙。那好，现在！那么我脑子里撕裂的声音，那种撕扯浆洗过的布的声音，从一头直至另一头，以及我睡觉时不得不呜咽着蜷缩起膝盖，这一切又该如何评说呢？

整理自己的家可以令我平静下来，我仔细地除尘抛光。思考其他人的生活也会有帮助。这些人的生活在我心中占据了一定的空间，诱使神经突触极力避开我的悲伤。反思的生活受到了太多正面的宣传。内省透着深切的乏味，只能循环往复，没什么新鲜劲。想象别人的生活更有意思，至少对一个正在经历不幸的小说家而言是这样的。巴尔的摩的格温德琳·雷德曼宣布出柜，附有这一消息的便笺寄自一家名为"英格奴克"的家庭旅店，我推迟了回复的时间。还有和女儿、儿媳妇一起参加水疗的艾玛·埃伦，两位年轻的女士在那儿纵情享受泥膜和按摩，而和我一样四十四岁的艾玛则对掉进虚荣的陷阱感到内疚。然后还有麦金太太，她透过地板低声诉说着她的孤独，她很可能在我今天早晨做家务时敲打的门廊栏杆上抖动过她的干拖把。秋日傍晚那透明的紫罗兰色从天窗照进我的储藏间，形成一个精确的正方形光块，古老的树干被十月里的阵风刮得嘎吱作响。在这座房子的三层，我的感觉变得敏锐，把我和另一个莉塔连接起来，年轻的莉塔，离现在的我还不算太久远。

还有我过世的母亲，她教会了我法语和节俭。每天她的形象总是以这样或是那样的形式浮现，和我说句话，或是打个招呼，有时是让我想起一个简单的食谱：柠檬慕斯，甜味掼奶油。轻轻地，轻轻地，我听到她说；用叉子，只用叉子，要轻，要耐心。还有谁？有洛伊丝，我那还活着但却沉默寡言的婆婆，我很快就得应对这种沉默寡言了，或者得让汤姆应对。当然，还有具有欧洲文化底蕴的丹妮尔·韦斯特曼，她的形象宽广巨大，在半空中盘旋。她那瘦瘦的、特征明显的下巴，她宽大的手关节，红红的长指甲。丹妮尔会同意吗？每当我惯常的立场和角度要发生任何一点点改变，我几乎总要想到这个严肃的问题。上个星期我因为使用了素食这个词而令她大失所望，我看得出来，她对我的评价大不如前了。

人类的这些神秘难解之事——清理自己的房子、想象别人的生活——令我忙碌，令我警醒。

不过，与其他任何事情相比，还是打字加思考的节奏更令我宽慰，一个句子又一个句子，越写越多，有种像运动员一样的欣喜。谁能想到我的这个老习惯会成为一个保持正常生活节奏的策略，成了不期而至的赏赐，额外的给予。如果有时候我不知道先迈哪一只脚，我可以将前面的路用键盘打出来，直至成为一个有知觉的人。写一部轻小说就像斯克里巴诺先生说的那样：是一种转移，一处有清新空气、宜人的湿度、富有魅力的人们，透过模糊不清的光线恰好可以看清楚的宽容之地。我可以使劲闭上眼睛，穿过墙上的一扇小门，将孩子出走的事抛在脑后。我可以在我的脑子里让那些评论家闭嘴，他们竟将严肃文学和娱乐消遣相提并论。一本快速读物。一本去海滩带的书。轻小说，轻松地阅读。这种文学类别所要求的那种肤浅的创作和圣油一样具有疗伤的作用。"在心底里我们都很肤浅"——这句话是谁说的来着？

　　新书稿的页数增加得很快，虽然最初的几章叙述缺少连贯性。我已经勾勒出一个美满的结局，不过，现在我要在半路设置一些障碍。罗曼和艾丽西娅已经确定了结婚的日期。请柬已经邮寄给家人和朋友，是艾丽西娅亲自用优美的字体写在宣纸上的，她有书法天赋。但出现了纠葛，有些我还需要想想怎样写。我不想让我的人物罹患神经症；我想表达扰乱他们正常精神状态的种种纠葛。艾丽西娅对于和罗曼结婚还存有一两个疑虑。她发现罗曼在她朋友苏珊娜跟前会变得渴望又兴奋。毕竟这是她第二次结婚，有人曾警告她音乐家容易反复无常。罗曼在威彻伍德交响乐团吹长号，威彻伍德是我虚构的城市，和它的姐妹多伦多一样，自以为是，得意忘形。艾丽西娅注意到罗曼不太在意个人卫生，她不得不提醒自己，他身上的那种体味最初很吸引她。他的下巴向前突出，表明他很自负。在比他个子高的男人面前，他会变得有点诌媚，不停地摸自己的嘴，就像我脑海中的麦金太太一样。这让艾丽西娅开始感到恼火，她想着要跟他提这件事。同时，苏珊娜——苏珊娜做了一件事，一件不可原谅的事，但对其意图进行了巧妙的掩盖。或者也可能是西尔维娅做的，她在交响乐团吹奏巴松管。我需要把细节琢磨出来。

　　很有可能，罗曼对结婚一事也感到犹豫。不过我并不在罗曼那有棱有角的大脑袋里，我穿的是艾丽西娅的皮肤。我用她女人的眼睛看事情，伸出她女人的手指，抚摸罗曼那浓密的、黏黏的大背头。要不要跟他谈谈他使用的发胶品牌？最近吧。我应该花多大工夫描述艾丽西娅的公寓？小说需要无情地罗列这些细节。我就简单写写轻便木制家具，高高的窗户，各种亮丽的色彩，以及几块恰如其分地放置在不同地方的波兰琥珀，泛着自然的光泽。还有汽车的事？这个也得定下来。艾丽西娅没有车，她认为在威彻伍德这样的城市养车太贵了。罗曼有车，是一辆本田思域，一款90年代早期的车型。他把车保养得很好。就在一个星期前，他还换了新的橡胶脚垫，而没有选择去洗刷旧的。

我可以用一两个小时解构艾丽西娅敏锐的女性感受，这取决于我能否避免自己滑进下一个次生的故事，即在写作的每一个小时结束时积聚起来的、集中展现的想象。我有一个幻想：诺拉正在楼下她的房间里睡觉。在我脑海中的电影里，她已经从多伦多搭便车回到家里，精疲力竭。每一次回放都一模一样。她突然出现在我们家屋子里。她患了流感，有点发烧，但并不严重，在床上休息几天就会好的。过不多时，我会给她拿点柠檬茶。我的女儿，我生病的女儿。不过，我不想叫醒她。叫醒一个睡着的人在我看来是特别粗暴的行为。有些国家就是这样折磨犯人的——难道是阿根廷？——睡着五分钟后，那个复杂精密的自动警报装置便开始干预，已饱受折磨的身体由于被剥夺了睡眠而受到冲击，产生习惯性的不信任。

不，让她睡吧。敲击删除键。我必须回到罗曼和艾丽西娅这两个迷失的孩子那儿了，得去处理他们不同类型的自私。

汤姆常常讲到三叶虫的进化的古怪之处。没有人了解三叶虫的大脑结构或者它们怎样交配繁殖的。所有那些美丽的软组织都腐烂了，只剩下钙质的壳。但是据说绝大部分三叶虫光滑的头部两侧都有大而复杂的眼睛。化石很清晰，即使在最大倍率的显微镜下也是如此。所有的三叶虫都有眼睛，除了一个盲眼的种类以外——而这种失明被视作进化上的进步，因为这些没有眼睛的生物生活在深水下的淤泥里。大自然似乎倾向于舍弃没用的器官。盲眼的三叶虫生理负担也减轻了，那令人惊叹的眼雷达，让它们在黑暗中壮大起来。当我思考这一不同寻常的适应性变化时，我想为什么我不能也适应性地变化呢？我想要的不过就是诺拉幸福，我想要的就是一切。可是我却停留在湖底，陷在厚厚的淤泥里，蠕动着，希望我的眼睛能被拿掉。

两年前，在去华盛顿参加读者见面会时，我还是一个单纯的母亲，只知道担心自己的大女儿能否考上麦吉尔大学、能否找到男朋友。巴尔的摩的电台主持人问我——他一定不知所措——我经历的最糟糕的事情是什么。我一时不知如何回答。我想不出有什么最糟糕的事情。我告诉他不管那是什么，我都还没经历过。不过那时我就知道，"最糟糕的事情"会是些什么，也知道它们可能会挤进我孩子们的生活之中。

因　此

"美善是空想，"上星期二我们四个人一起喝咖啡时，琳·凯利说，"是代表某一特定人群的普遍愿望的一种构想。"像往常一样，她说话时充满权威，用她浓重的威尔士口音把每个词都发得很脆亮。"美善是专供幸运儿享受的奢侈品。"像平常一样，我们坐在奥兰治镇主街上的花之茶馆里靠窗户的桌子旁。只有一两次我们来了之后发现已经有人占了"我们的"桌子，这就是为什么几年前我们决定要在九点半准时集合。到十点的时候这个地方人就满了。

"美善的，但不是伟大的。"我对安妮特、萨莉和琳说，引用了丹妮尔·韦斯特曼回忆录中的话。

不管什么时候，不管出于什么原因，只要我想到那句著名的话，我就感到胸中憋闷，就像吞下了一整条鳗鱼。

"当她知道了一切，知道了女性一直被排除在伟大之外，而且大部分时候是她们主动选择被排除在外的，她怎么能照常生活下去？"

"她们可以继续短途旅行而不是破浪航行。"

"对，出发去航行。"

"在丹妮尔为了实现突破而做出种种努力之后，"琳说道，"她还是无法跻身文学大家之列。"

"不过倒是进了女作家之列。"

"有一席之地并不够，人们应该倾听女性的声音，应该理解她们。"

"男人对女性的生活不感兴趣，"琳说道，"我问过赫伯。我真的追问过他。他爱我，可是呢，他根本不想知道我脑子里在想什么，我如何思考以及如何——"

"我和男人们只谈过几次话，"我说，"不包括和汤姆。"

"我有过两次谈话。和不是非得争个输赢的男人谈过两次。"

"我从来没有谈过，"萨莉说，"好像我缺乏参与谈话的道德权威。我处于善与恶的圈子之外。"

"什么意思？"

"我的意思是我们很少被问及道德选择这个话题。谁都不征求我们的意见。他们觉得我们不行。"

"也许我们不行。"安妮特说，"记得在树上生了一个小孩的女人吗？好像是非洲的莫桑比克。发了洪水。去年，是不是？就在那时，她开始阵痛，想想吧！那时她在树上，吊在树枝上。"

"可是那不是说——？"

"我想说的是，"安妮特继续说道，"发生那样的事以后我们又做了些什么？这么可怕的一件事，我们寄钱去帮助莫桑比克的灾民了吗？我们把我们的震惊转变成美善了吗？我们有没有做什么事情以表现我们美善的感情？我没有。"

"没有，"我说，"我什么也没做。"

"我也没有，"萨莉说，"可是我们也不可能把美善的行动施予每一个——"

"我现在想起来了，"琳慢慢地说，"我记得早晨醒来，从广播里听到一个女人在树上生了孩子。而且，我记得婴儿活了下来，对吗？"

"对，"安妮特说，"婴儿活了下来。"

"还有，"萨莉说，"记得去年春天那个自焚的女人吗？那可就在我们自己的国家，就在多伦多市中心。"

"在内森·菲利普斯广场[1]。"

"不对，我觉得不是在那儿。是在——"

"戴着一种披巾，是吗？"安妮特补充说，"面纱。"

"或者是那种只露眼睛的罩袍。"

"真可怕。"我说。我的手摆弄着桌子中间的塑料花。我刚注意到我深蓝色袖子上的狗毛。

"她死了。不用说。"安妮特说。

"确实有人想救她来着。我读到过这件事。有人想扑灭她身上的火。一个女的。"

"这我倒不知道。"我说。

"有一份报纸说的。"

1　加拿大多伦多市政厅前的广场，以前市长内森·菲利普斯（Nathan Phillips）命名。

"还有一个年轻的尼日利亚女性呢？怀着孕被当众鞭打。我们又为她做了些什么？"

"我准备给《多伦多星报》写封信。"

"好多人都写了，他们都很激动——我是说加拿大人——但她还是遭到鞭打了。"

"天啊，这真是一个野蛮的世界。"

出生并成长在牙买加的安妮特是个诗人兼经济学家，和丈夫离了婚，她的丈夫在破产以后有了暴力倾向。她独自住在奥兰治镇一座像农舍一样的小房子里，兼职给一家网络公司工作，在她的屏幕上鼓捣数据。

琳和她受人尊敬的丈夫赫伯以及两个孩子住在镇边一栋崭新的房子里。她的法律业务繁忙，可她还是会在每个星期二抽出两个小时来喝咖啡。

萨莉在家照看她幼小的儿子有一年了，她在四十岁生日那天生了这个儿子，一个奇迹婴儿，是通过精子库成功怀上的。她过去常常把贾尔斯背在个像背包一样的东西里，现在孩子断奶了，她找了个人在星期二上午照看他。她想过要起诉她的产科医生——琳劝她不要这样做——因为产科医生不让她在生产的时候戴眼镜，所以整个过程她大部分都没有看见。医生说戴着眼镜不安全，可是她相信这是个美学问题，即她和她的"眼镜"会破坏他用画家般的视角对孩子的出生所做的构想。

我们四个人这样聚会到现在已经有十年了。我们点的是卡布奇诺咖啡，四个人里有三个要脱咖啡因的，偶尔我们会点个司康饼或法式牛角面包。

我们的聚会没有名称；我们不是个俱乐部；没有议程。我们不愿意把自己看作持有某种观点的人，也就是说，我们不会就我们的看法"进行说教"，因为这些看法是随意的，而且是在一个只有单一性别参与者的不真实的世界中产生的。我们彼此相互了解。我们无所不谈，但从不谈自己的性生活——我想我们回避这个话题是出于一个古老的禁忌，为了保护其他人。我们也不太聊孩子们，因为安妮特没有孩子。要是安妮特碰巧去旅行了——她有时是会去旅行的——萨莉、琳和我就会加进孩子的话题。有时我们会说到性别差异：男人喜欢风而女人不太喜欢，风令她们担心。我们观察到，如果可以的话男人不会坐在沙发中间的座位，但是女人似乎不太在意。在法国，人们认为月经期的女人做不好蛋黄酱。不！当然现在不会这么觉得了。我们讨论公共图书馆危机，因为我和安妮特都是管委会的成员。我们的老朋友格温——现在叫格温德琳·雷德曼了，一直就是同性恋呢，还是人到中年的新发现？图书管理员谢丽尔·帕特森会不会嫁给山姆·桑迪——在购物中心开诊所的那位牙医？艺术是求爱的工具，安妮特说，至少诗歌是。我们想知道自己与生俱来的天真是不是真的，还努力想象一种能将注定被抹去的天真保留下来的情况。然后呢？

汤姆问过一两次我们星期二上午谈些什么，但我只是摇摇头。话题太丰富，七七八八的，难以描述。有人称其为闲聊。我们谈论我们的身体，我们的虚荣心，我们最热切的各种欲望。当然她们三人都知道诺拉在街上的事。她们安慰我，给予我关心。安妮特相信这只是一个阶段。萨莉认为是精神崩溃。琳很确定是心理、腺体和激素的原因。她们都对我说千万不要把诺拉这种漂泊的状况看成是我作为母亲的失职，而这一直是一个挥之不去的恐惧，尽管我以前并未承认。不只是恐惧——我是真心相信。她们告诉我，对诺拉的自暴自弃感到气愤是正常的，可是我好像都没有精力感到气愤。

我们知道我们看起来是什么样子：四个四十来岁的女人，弓着背坐在一个小镇咖啡店的桌子旁，齐刷刷向前探着身子，就是女人们想要听清每一个字时的样子。两年前我去纽约领取欧芬登奖的时候，她们三人送给我一条紫色的真丝内裤作为送行的礼物。我里面穿着它，外面穿着白色的羊毛套装去参加领奖仪式。整个晚上，我每走一步，与人握手，或说"感谢光临"和"真让人吃惊"时，我都能感到丝绸在两腿之间摩擦，想着有这些细致体贴的朋友是多么幸运。来自威尔士的琳把内裤叫短裤，现在我们也都那么说。我们喜欢那个词的发音。

我小心地为艾丽西娅安排了几个朋友。通常小说里把朋友都省去了，这很奇怪，不过我知道为什么会这样。怨海明威[1]吧，怨康拉德[2]吧，甚至可以怨伊迪丝·华顿[3]，但现代主义传统把个人——冲突的自我——与世界对立了起来。父母们（有爱心的或是不负责的）被容许出现在小说里，兄弟姐妹（软弱的、嫉妒的、自毁的）也都有各自的

---

[1] 欧内斯特·海明威（Ernest Hemingway，1899—1961），美国作家。他的作品对人生、世界、社会都表现出迷茫和彷徨，晚年自杀身亡。

[2] 约瑟夫·康拉德（Joseph Conrad，1857—1924）生于波兰的英国小说家，作品深刻反映新旧时代更迭对人性产生的冲击；他面对文化与人性的冲突，并不提供答案，而是提供追索的过程，被誉为现代主义的先驱。

[3] 美国女作家伊迪丝·华顿（Edith Wharton，1862—1937）的小说大多描写她所熟知的纽约上流社会。

地位，但朋友的缺失几乎就是一种惯例——小说的叙述被频发的事件以及内心复杂的活动占满，似乎没有朋友的空间。不过我喜欢加入几个朋友，希望他们能缓解小说中深切的隔绝感，否则这种隔绝感会令小说显得空洞而且难以令人信服。

艾丽西娅最好的朋友是琳达·麦克贝思。琳达是一位艺术顾问，和艾丽西娅在同一家杂志社辛勤工作。她在《我的百里香出苗了》中出现过，所以在续集里也要出现。两个女人工作的格子间相邻，她们每星期四晚上一同上瑜伽课，然后出去喝一杯。她们聊啊聊啊，有时会喝得稍稍有点醉意。琳达有体重的烦恼。她还有男人的烦恼，也就是缺乏男人的烦恼。她需要艾丽西娅为她增强自信。但她为人风趣，工作上很有才华，对别人的事总是很敏锐。"我不了解罗曼，"有一次她对艾丽西娅说，"他人挺不错，可是有时他显得有一点点高贵。"

"你是指坐在御座上的那种高贵？"艾丽西娅问。

"是呀，"琳达说，"他好像总是在审视他辽阔的领地，如果你明白我的意思的话。俯看着那些在他面前顶礼膜拜的臣民。"

"嗯，"艾丽西娅说，"是的。"

罗曼也有个好朋友，这一点我是一定要保证的。迈克尔·哈米什将在罗曼和艾丽西娅的婚礼上当伴郎，婚礼即将举行，除非我立刻阻止。他是罗曼在普林斯顿大学的室友，一个咄咄逼人的股票经纪人，周末喜欢踢足球，娶了娴静的、金发的格雷琴，格雷琴在威彻伍德舞蹈团做广告宣传。迈克尔·哈米什长着火腿般的大腿，宽大结实的膝盖。他把罗曼叫到一边，告诫这位即将步入婚姻的朋友。"如果你有什么想做的事，现在就做，罗曼，因为一旦结了婚你就一点机会都没有了，即使是和艾丽西娅这样的好女人结婚也一样。阻挠的因素来了，夫妻间的那些事。你会明白的。这种事情一直会有，我和格雷琴之间多少也发生过。但你还有机会再认真考虑考虑。几个月来，你一直希望搞清楚你们家是从哪里来的。我注意到了，我注意到你想搞清楚。阿尔巴尼亚，阿尔巴尼亚，你一直说的就是这个。听我一句吧，伙计，要做什么就赶紧去做。你再也不会有下一次机会了。"

但　是

　　诺拉在 1998 年被麦吉尔大学录取了。以她的成绩，被录取是理所当然的。对这一点我们从未有过怀疑。我们愚蠢的担心只是要考验一下我们是否真的确信无疑。录取函洋溢着欢迎的喜气。可是那时"男朋友"出现了，他名叫本·阿博特，二十二岁，是多伦多大学哲学专业二年级的学生。就这样一切都改变了。她退掉麦吉尔大学，进入了多伦多大学，和本一起搬进了巴瑟斯特街上的一个地下室公寓，选择了现代语言作为专业。好孩子。遂了她妈妈的心愿。

　　可是，我很担心：因为她离开了家庭的庇护，不像娜塔莉和克里丝汀，也因为我不知道她早晨是否能吃上一顿像样的早餐，还因为她经常和这个不久前还很陌生的人上床，现在他熟知她身体的每个部分，每想到这些我总会惊慌不已。开始时他们在一起一个月，然后是半年，再后来是一年，一年半。我开始变得习惯起来。不过并不是真的习惯，也不是完全习惯。我意识到我是那种不习惯自己的孩子变成女人的妈妈。

在她二年级快要结束的时候，4月1号，她回家来过周末，她坐在厨房的餐桌旁喝着咖啡，我裹着暖和的睡袍，搅拌鸡蛋准备早餐。这座老房子的厨房特别通风、明亮，我想起了诺拉小时候的那些早晨，她坐在这儿的窗子旁边，俯看着冬天光秃秃的棕色树木，吃着抹了黄油的烤面包片，谈论着就要开始的一天。那些日子里她是被自己的一个发条小闹钟的铃声叫醒的，这个闹钟是她十岁的生日礼物，是她特别提出要的。她相信被自己上的闹钟叫醒是一个成熟的标志。而且作为家里的长女，娜塔莉和克里丝汀的大姐姐，她也许对于成熟很急切——成熟意味着什么，她怎样能尽快成熟起来。在她小的时候，最大的心愿是变得成熟，而听话、可爱和讨人喜欢倒在其次。那个小塑料闹钟成了她坚持的一部分，就像宗教永恒的教义一样。小时候露营时她带着闹钟，后来她把闹钟放在背包里来来回回，带到她和男朋友住的多伦多的地下室公寓去。她昨晚上闹钟了吗？

是啊，也许她上了，即使只是回奥兰治镇的家里过周末——现在她就在这儿，醒着——楼上汤姆和另外两个女儿还没什么动静。没有谁要求她这样认真，除了她自己，谁都没有对她提出过这样的要求。

我很享受清晨在厨房里能有伴儿。我喜欢她睡眼惺忪、哈欠连连的凌乱样子，这画面与巴瑟斯特街上那凌乱的公寓、本、对福楼拜的钟爱——在我看来，这些都是她面对世界时的漫不经心——交织在一起，所有这一切我永远都无法完全理解，因为这和我的时代观念是脱节的，一个是60年代的孩子，一个是90年代的孩子。不过，现在她在家里；我和她单独待在一起。她穿着一件我穿旧的睡袍，前面的拉链是拉上的，睡袍是那种难看的酒红色，她优美的体型给睡袍难看的轮廓增色不少。但是我突然注意到她的样子有点异常：很奇怪，她的脸看起来有点阴沉，眼睛里虽然没有泪水，却浮肿着，里面充斥着什么。我从她眼里看到的是一种决绝的、坚定的警觉。那是什么？"我们只有在初识的那一刻才是真实的"——这话是谁说的？我意识到了一些事情。我戴上我的眼镜，仔细地重新审视我的女儿。我让她转过头对着窗户，这样光线会照到她的眼睛和她紧绷着的小巧的上唇。终于她眨了眨眼，然后合上眼睛，避开光线，也避开我。

"是因为本吗？"

"不完全是。"

"你不像从前那么爱他了。"

"我爱他。可是我又不爱他。爱得不够。"

"你是什么意思？爱得不够？"

她耸耸肩膀，抱住我的腰，拇指挂在我睡袍的腰带上，就那样悬着，前额顶住我的肚子。我愿意付出任何代价让时间回到那一刻。

"试着说说。"我说。

"我没法全心全意地爱一个人。"

"为什么不能？"

"我更爱世界。"她低声哭了起来。

"你说的世界是什么意思？"

"所有的一切。存在的一切。"

"你的意思是，"我说，虽然我知道这听起来很愚蠢，"山脉、海洋、树木和其他东西？"

"所有那些东西。不过还有其他东西。"

我慢慢坐到椅子上，抚摸着她肩胛骨之间那柔嫩的地方。我的拇指完美地贴合在那里，画着小小的圆圈。我根本不知道这会是她最后一次回家，她很快就会失踪。"说下去。"

"有文学，"她说，"还有语言。这些你都知道。还有各个语言分支，死语言，被忘记的死语言。还有马蒂斯。还有哈姆雷特。这些都很重要，我爱所有这些。"

"可是——？"

"还有整个整个的大陆。印度。特别是像印度那样的我从未见过的地方。每一条主要商路上分出的隐蔽的土路，从土路又分出的每一条小道。灌木丛，小径。城镇的小广场。肯定有成千上万的城镇广场。我不可能全都看到，所以有什么意义呢？"

"诺拉，你知道，你可以用一年的时间旅行。"我能听到娜塔莉和克里丝汀在楼上走动，从这间卧室朝那间卧室喊叫，打开收音机收听当地的摇滚电台。

"还有潮汐，"诺拉说，"想想潮汐。它们总是来了又走了。地球斜悬在太空中。人们基本上不懂这一切。"

"本搬走了？"

"没有。"

"所以，为什么呢？"

"我不知道。"

"你住在哪儿？"

"我暂时还在那儿。不过我在考虑自己住。"

"你的课。你春季的课程。怎么办？"

"能怎么办？"

"你已经退学了。"我不能相信突然出现在我脑子里的这个念头，只得又重复了一遍，"你已经退学了。"

"我正在考虑。考虑不参加考试。"

"为什么？"

"就是——你知道——没什么意义。"

"你的奖学金怎么办？"

"我不需要钱。真是让人难以相信。我可以放弃我的奖学金——"

"本知道你的想法吗？"

"你是说搬走还是不参加考试？"

"两个。"

"他不知道。"

"你是不打算告诉他吧。"

"不打算。"

"你愿意和爸爸谈谈吗？"

"天啊，不愿意。"

"诺拉，求求你。他年轻的时候也经历过某种——某种阶段。很久以前。求你和他谈谈吧。"

"不，我不想。"

"求求你，诺拉。"

"好吧。"

伤害，当它来临的时候，会从四面八方到来，因此我甚至不会试图去探知它的足迹。印度尼西亚或耶路撒冷的消息，布什加紧了竞选的步伐，癌症研究上的突破——所有这些都和我这个美丽的大女儿毫无关系。她长着一头浅色的秀发，她善良、聪慧，说话时声音低沉好听，在她这个年纪很少见，她温顺听话，喜欢读福楼拜，对于可能伤害她的人也从不招惹。

我感到厨房里的一切都像电视卡通片里那样变成了弯曲的，墙壁在向外膨胀，然后向里缩，紧紧压向我们俩。"你一定意识到这很严重，"我对她说，"你现在的心理状态令人担心，你需要帮助。很有可能只是有点抑郁，也可能是缺乏某种矿物质或维生素，就这么简单。"

"并不是一件大事。这个我知道。是许许多多的小事。我希望能够熬过去，可是不行。"

"诺拉，"我在努力，"这个世界好像常常不让我们得到一些东西。我们都会在某个时候有这样的感觉，尤其是在你这个年纪。你必须面对——"

"可这正是我要做的。我正在努力面对。可是太难了。"

"是不是发生了什么事？你没有告诉我们？"

"不是，就是——所有一切。"

我听见自己冲着她大喊大叫，在世界的中心戳出一个粗糙的洞孔，粗暴，失去理性。"你今天必须和爸爸谈谈，"我告诉她，"今天就谈。"

"我说过可以。"

"但你还得和其他人谈谈。心理咨询方面的人。今天。"

我真的说了"心理咨询方面"？难怪她瞪眼看着我。

"今天是星期天。"她说。

"我们去医院。急诊是开着的。"

"可我的情况不属于急诊。"

"诺拉，你需要帮助。"

"我正在努力寻找自己的位置。"

她紧紧地抓着我。我的脑子转得飞快。毒品，一定是因为某种可怕的毒品化合物。或者某种邪教。我努力地想象我看见过的在大学周围游荡的邪教成员，灰色的袍子，凉鞋。或者那些惹人厌烦的重生派基督徒，他们不让女人化妆，如果她们顶嘴就剪掉她们的头发。我盯着诺拉的嘴：没有抹唇膏。可是，现在是早饭时间，谁也不会在这个时候化妆。尽管如此，一定有某种合理的解释可以说明她为什么这样，只要我能想明白。她意识中的某个东西倒退了回去，使她对生活产生了明显的轻信，认为生活可以达到完美的状态，尽管我们知道这永远也不可能发生。或者也许是内耳暂时的不平衡所致。我最近读到过，单核细胞增多症，那老妖魔，专门攻击学生，过去人们相信它是通过接吻传染的。或者也许是脑瘤，虽然很大但是可以做手术。脊柱错位，只需要请波士顿的专家进行最最轻微的调整——我们不到两个小时就可以飞到那里，不费吹灰之力。

这些想法合情合理，是我跟汤姆学到的非常规思维的范例。但是，我镇定的猜测却总是受到心跳的干扰。我知道。我当时就知道悲哀就要开始了。事实上，大概不到一个小时后诺拉就离开了家，背着她的橘黄色背包从前门溜了出去，可能搭了个顺风车，去了多伦多。我难以相信她会不辞而别。我在房子里到处找她和她的东西。人不在了，东西也不见了。我这时才意识到她完全失去了控制，她对她自己构成了多么大的危害。她迷失了。

迷失了。我的一部分意识豁然打开，就像云散开时天空突然变得空荡荡的。阳光砰地落到街上，诺拉再也不会沿着那些街道行走了，那愚蠢的、沉默的、死气沉沉的太阳。即使诺拉离开家，她的生日仍会一个一个地继续，5月1日，从今往后的十年，二十年。不知怎地，世界过多地给予了她某种东西，剂量那么大，使她无法承受。

或者说，不是过量，而是正相反，如同丹妮尔·韦斯特曼所推断的那样。可能是某种错觉愚弄了诺拉，令她相信生活太过丰富以至于难以拥抱，太过精彩以至于无法承受。可是真相却完全是另一回事，我在努力搞清楚那个真相究竟是什么。有时，我觉得自己几近触到那个真相了。

另一些时候，我感到我不过是又一个焦虑不安的母亲，和女儿吵了架，女儿只是有点抑郁，经过一个长长的冬天后感到厌烦了，而且可能担心自己的初恋会变得乏味。我反应过度了，就是这样。我让自己的恐惧和惊慌影响了诺拉。我有什么证据吗？没有。她几天后就会好的，会回到家里，会感到有点傻气，会带着歉意。

我在满足和担心之间徘徊。谁也不会顺顺当当地就能度过生活的这段时期。不可能的。另一方面，我记着她坐在厨房餐桌旁时的目光，我的思绪越来越乱。有时我会想，生活对于诺拉来说不是太多，而是太少；一个巨大的缺失，一种濒临饥馑的匮乏。有一场盛宴在举行，有音乐，有华美矫饰的语言，但是没有邀请她。她是头一次见到这种景况，但她永远也无法忘记。世界的构造出现了衰退，人们告诉她世界属于她，但实际却并非如此。一而再，再而三地，她被禁止进入。从现在开始，生活似乎将会越来越不像生活。

不，我还不准备相信这个。

就……而言

亲爱的先生：

　　昨天晚上我因为个人的事情感到非常郁闷，便坐在一把
扶手椅上浏览你们最新一期的杂志。杂志是我那体贴周到的
丈夫从附近的杂志烟草便利店买的。（我们没有订阅，是因
为觉得涌入家里的纸张已经太多，而我们正在努力做好公
民，只是偶尔才在地球上弄个小凹痕。）

　　我注意到你们把一个很贵的广告版面出售给了一个像是
招摇撞骗的机构。版面的文字密度及舒展的棕色字体都极力
想要避开四色商业广告通常有的那种张扬感，可还是露了馅

儿，实际上有很多兜售的成分。这一版面出售的产品是"西方知识界的大师"：伽利略、康德、黑格尔、培根、牛顿、柏拉图、洛克、笛卡尔。这些先生们小而逼真的版画头像在这一页的顶端形成一条密实的（可以说是坚不可摧的）边饰，它暗示着知识的连续性，如一条延绵不绝的崇高思想的传送带。该页下方做了进一步说明：从这些崇高的思想中节选一部分内容，做成八十四（84）段授课录音，每段半小时，一个人可以在他 [假定代词] 散步、慢跑、乘车或者做家务 [这是我要强调的] 的时候听。

这可是把很多个半小时投入到了学习当中，您想必也同意。不过按照广告的说法，每一位订阅者至少会节约"好几年高强度阅读和学习的时间"，更妙的是，可以免于"完全退出活跃的生活"。能够让心灵觉醒，"而无须辞掉工作或是做一个隐士"。隐士！学生学习的过程中还会有教师进行指导，教师有（省去姓氏）戴伦、艾伦、丹尼斯、菲利普、杰里米、罗伯特、另一位罗伯特、凯思琳（凯思琳？）、路易斯、马克和道格拉斯。我的问题是：凯思琳是怎么进入这个行列的？

我无意否认我这些日子（还有夜晚）一直被这些问题所困扰。我有一个十九岁的女儿，她正在经历一种严重的抑郁——实际上她的情况还有待进一步诊断——我的一个朋友怀疑是你们提供的"西方知识界的大师"一类的东西引起的，当然不仅仅是你们十月份的这篇广告，而是你们一直以来，年复一年地不断用一连串加深的棕色印刷字体和尊贵的大人物，传达并不知不觉间灌输对伟大女性人物的麻木不仁和兴趣缺乏。事实上，这是一种彻底的无知。

作为对我评论的回复，您会列出一个长长的名单说明女性所获得的权利，而且您会坚持说这是公平竞赛，可是您心里一定明白其实不是。除了我之外一定还有其他人意识到了这个问题。

我知道我无法影响贵刊的广告策略。我唯一的希望是我的女儿——她的名字叫诺拉——不会买这份杂志，不会读这一页。而且希望她也能意识到——就像我刚刚意识到的一样——她是如何被随意地、完全地关在宇宙之外。我还有两个女儿——克里丝汀、娜塔莉——我很担心她们两个。一直都很担心。

你的，

莉塔·温特斯

隐士居，

奥兰治镇，加拿大

由　此

对于任何小说作家来说，如果想塑造独一无二、有血有肉的人物，都必须面对一个问题。人物——至少那些对于情节发展很重要的人物——需要上下文。不可能将人物就那么扔到书页上，就好像他们是由一团温热的泥巴捏成的。达尔文终结了这种观点。还有弗洛伊德。孤雌生殖[1]不适合人类，或者说现在还不适合，也可能永远都不适合，除非人的存在变得超出我们的理解范围。总要给书中的人物提供一个童年什么的，至少要有父母，有时甚至还要有祖父母。家族中的这些前辈可能死了或下落不明，这种情况下便不需要把他们引入正在进行的故事当中，提一提即可。年老的巴尼爷爷戴着战争勋章。福

1　孤雌生殖（英文：parthenogenesis）也称单性生殖，即卵子不经受精就能发育成正常的新个体。

斯特奶奶以及她对身体功能的偏执。这些古老基因的喃喃低语会很直接或很微妙地在现代人物身上留下印记，也会影响他／她对生活变迁的反应。他们之间的不同用铅笔稍加描摹就能显现出来：是盎格鲁－撒克逊系的白人新教徒还是犹太人，财产是祖传的还是暴富所得。小说家一定要认识到角色的基因组合也是情节的重要组成部分，就连我那迷迷糊糊的、浪漫的艾丽西娅也是一团精确打造的染色体。父母影响孩子，强化或弱化他们的决心，没有哪个令人信服的小说家能改变这种设定。即使在最典型的卡夫卡式梦境[1]当中，某些因素也是无法从基本内容当中省略的，如地理位置、家庭、血缘，等等。每个人都是某个人的孩子，说到底，一部小说就是关于某个孩子命运的故事。总是会有一组 DNA 要求得到认可。问题是：要使一个人物达到平衡，稳固可靠，一个小说家需要追溯多远？

在我看来，不需要提供完整的家谱，因为当代的读者几乎不可能有耐心接受那么多信息。只需要一些重要的家族痕迹，让读者感到人物不是自行臆造或是随便冒出来的。简·奥斯汀在创作时——尽管她生活在前达尔文时代——也总是会至少往上回溯一代，有时是两代。她懂得依据的重要性。

我正在写《我的百里香出苗了》的续集（我给这本书起的名字是《盛开的百里香》，万一要是决定写一个三部曲，给第三本书留的名字是《秋天的百里香》），对于究竟需要为艾丽西娅和罗曼的家庭遗传填

---

1 卡夫卡式梦境：小说家弗兰兹·卡夫卡（Franz Kafka）的作品所表现出的一种无逻辑、茫茫然、复杂碎化的精神状态。

充多少内容我一直举棋不定。我采取的是简洁和均衡的策略：他们俩都是独生子女，父母都非常爱他们。艾丽西娅来自中产家庭；罗曼是阿尔巴尼亚裔工人阶层的第二代，但正处在上升期（所有的男人都头发浓密，女人则嗓音尖锐、性感）。在我最开始的设定里，他们的父母都已去世，但现在我想让他们的父母参与婚礼的筹备，还想让他们在第一次碰面时一同参与到餐馆那闹哄哄的场景中。艾丽西娅的父亲（律师？不行，在《我的百里香出苗了》里面，我已经把他定为机械工程师了，真糟糕）无法相信世界上有哪个男人能配得上他可爱的女儿。一听说可能有追求者，他就会面露不悦，还会很有针对性地抱怨。同时，罗曼的母亲（一个未来主义者，一个极端的未来主义者，在威彻伍德中心的一家智库工作）宣称世上没有哪个女人能欣赏得了她那可爱的儿子。她微笑，但却带着诡谲，嘴唇绷得紧紧的。她那坚不可摧的乐观不带一丝真情实感。私下里她相信追求幸福是一种自私的行为，是只有孩子才会认真对待的事情。在她看来，孩子是没有规矩的野蛮人，需要文明人进行教化。

　　汤姆小的时候我不认识他，这永远是一个难以估计的损失。成年后，他耐心、专注，是个有点忧郁的享乐主义者，偶尔也会尖刻、焦躁、不修边幅。作为70年代的医科学生，他会做出格的事，他两次因政治示威而被捕，还和他的同学一起被关过监狱——他们将绷带裹在女王公园[1]周围那些可敬的加拿大英雄雕像上，还将医用夹板夹在

1　女王公园（Queen's Park）为加拿大安大略省多伦多市中心的一个公园，亦为安大略省议会和省政府所在地，因而常用来代指安大略省政府。

前总理们的身上，将血红的颜料涂到他们强壮的铜像上。但真正的他是什么样呢？那个瘦瘦高高的男孩，在晚饭后胳膊下夹着个橄榄球跑到院子里，纱门在他身后砰地关上，草地青青的，映着长长的影子，秋天里则散落着湿漉漉的黄树叶。这个想象出来的情景包含安全感、炊烟和绚烂的阳光。是啊，我想，那大量的、未曾捕捉到的时刻我都无从知晓了，被我们最初不匹配的时间线夺走了。

但是不只是汤姆的童年如此，我的童年也同样缺失了具体的内容。"孩子们的问题，"丹妮尔·韦斯特曼曾说，"是他们对童年不感兴趣。"（《自省》，私下访谈，1977 年）。是啊，等最后他们真的有了足够的兴趣，也太晚了。（她在洛克维诺斯[1]时拒绝谈起她的童年、她的父亲、她的母亲。丹妮尔坦言他们都不怎么管她这个独生女。不过一定不止这一点，我猜，一定有更激烈、更伤感情和更突然的事情。）

我对小时候的大部分记忆是关于自己那令人震惊的无知。我观察到了一部分的世界——多伦多国王道地区的一排房子——其余的我就只能假装知道了。像所有的孩子一样，我只能在一个接一个的错误认识中蹒跚前行，总是会碰到羞愧的事情。毁掉我们的不是我们知道的，而是我们不知道的。羞愧脸红，扭扭捏捏又结结巴巴——这些是内心痛楚的外在表现。因无知产生的羞愧是致命的。"我差点儿死掉。"成年后人们在谈论自己小时候那傻傻的误解时，会这样说，他们的意思是，暴露自己的无知时，那感觉就像心脏停止了跳动一样。

1　法国东部城镇。

至少这是我——莉塔·温特斯（娘家姓萨默斯）儿时的感受，那时我会探寻一个更小的孩子的心灵——在还没有学会识文断字的年纪，我只看到周围盘绕着一张张图像，好像一种手指画，涂抹的鲜亮色彩尚未干透，预示着某种危机。我从一开始就意识到我的认知不同于我周围的人。我必须管理这个世界，但要悄悄地进行。为什么天只有仰望时是蓝的？要是月亮掉到了我们院子里，或者更糟一点，掉到房顶上怎么办？这些问题，不可思议地变得形象起来，聚集在我周围，形成了我呼吸的氧气。它们悄悄对我耳语说：你很可能会死于自己的无知。任何时候都有可能发生。

　　我还是个孩子的时候，有人进了我们的院子，把母亲种的三棵绣球树上开的花都带走了。对于这次袭击，我母亲倒是好脾气，就好像她不知道我们所处的危险似的。可是我知道。我知道我们家是被特意选中的，那些失踪的花朵代表着更大的邪恶，是一个更大的阴谋的组成部分，最终可能会带来死亡，可是我无法将自己的恐惧变成话语，因为我知道如果那样做，人们会觉得我很可笑。

　　这种理解上的差距，这种不完善，我只能默默忍受——这好像是自然法则。孩子被困在身体里一个上了锁的未知的密室里，那个黑洞洞的地方。提出一种困惑其实就放大了这种困惑。同时——我认识到不实之词究竟是什么——孩子们自然而然的观察常常被当成怪异的念头，甚至是可爱的念头；他们说的话，他们平和的疑问，常常被人引用，甚至被当作笑料，却不一定会得到答案。既然如此，为什么孩子们还要冒险去透露他们的思想呢？一定是出于绝望或是无法忍受的恐惧。他们没有因为一阵阵的困惑而纵身跳出窗外，实在是令人诧异。

我们阳光的女儿诺拉就曾经以各种有趣的念头令我们忍俊不禁。她说她的脑子里有人说话，一直都有。不过我们立刻就明白这并不是什么问题，她只是意识到了一个人脑子里一生中每时每刻都在发生的那种对话，这是我们每个人都要进行的最长的谈话。喂，我又来了。又来了。是我们所知道的最有意思的谈话，循环重复，愚蠢荒唐。别，可别又是那个女人！她就没有住嘴的时候？（我读小说就是这个原因：可以逃避我自己那无休无止的独白。）

　　我怀疑小莉塔·萨默斯在学习并理解人情世故方面比大部分的孩子都迟钝，要不就是她比别人更害怕受到嘲笑。我总是努力去独立寻找问题的答案。比如，发生了一场战争，大家都在谈论它多么可怕，有多少人被杀害，还有多少婴儿被残忍地烧死。但战争究竟是什么？凝固汽油弹是什么？越南有多远？没有人告诉过我，不过我猜越南一定是在布卢尔街熟食店后面的那条小巷里，因为我曾经听到那个熟食店的后墙传出巨大的响声。尽管有父亲母亲牵着我的手，我被带到那个店的时候还是会哭。他们没有问我为什么哭。可能他们觉得我是害怕霍普金斯先生，他长着唇须，正拿着一把和他的手臂一样长的黑刃刀切肉。

　　我了解到人们的名字有两个，有时是三个。我的名字实际是莉塔·露丝·萨默斯。我上学前就记住了我家的地址，思特拉斯街555号，也记住了电话号码。人们都认为对于我这个年纪的小孩而言这很了不起。偶尔他们也允许我拿着电话和姥姥或者朱蒂姨妈说话。"不过朱蒂姨妈不是亲姨妈。"我母亲会认真地告诉我。我知道"亲"是什么意思，就是你摸得到也看得见，不像我杜撰的故事那样。

夏天夜里雷声大作时大人们说是天使在搬家具。雷声，我母亲会表情夸张地低声说，她眼睛睁得大大的，想让我明白这是很有意思的事情，没什么可怕的。不过，关于天使的那些话却是胡说八道。连他们自己也知道那是胡说八道，他们说这些话时的口型表明他们非常喜欢自己的奇思异想，不过我想必也很喜欢，因为我听了他们的话感到十分宽慰。

我母亲跟我说话总是用法语，我父亲用英语，我也获准可以用两种语言中的任何一种回答。这是我出生之前他们就约定好的——他们的孩子要会两种语言，他们有责任共同实现这个计划。我母亲是法裔蒙特利尔人[1]，她法语讲得非常悦耳，我父亲带有爱丁堡口音[2]的英语则很清脆，在加拿大许多年也没有多少改变。

很奇怪，我小时候巨大的困惑却不是双语带来的，相反双语减少了我的困惑，这种双重性让世界变得更加清晰。椅子（la chaise, chair）；窗帘（le rideau, curtain）；是（être, to be）；狗（le chien, dog）。每个物体、每个动作都有回声，都有释义。意思具有两只脚，两个可以依赖的词源。我在英语里畅游，是松弛的仰泳，但法语则像是齐腰深的水，我得站起来。蓝色布面的法英词典就是我们家的《圣经》，因为我们家并不参加什么正式的宗教活动。

但是他们却教我上床时做一个祷告。"亲爱的耶稣，祝福妈妈、爸爸、祖母、两个祖父，还有朱蒂姨妈，让我做一个乖女孩。"其实

---

1 魁北克省是北美主要的法语人口聚居地，蒙特利尔是魁北克省最大的城市。

2 爱丁堡是苏格兰首府。苏格兰英语有独特的发音，明显区别于英格兰英语。加拿大早期的很多移民来自苏格兰，所以这里莉塔说她的父亲有爱丁堡口音。

我对耶稣的认识也都来自想象。耶稣看不见摸不着，但他能听到我想的或说的一切。即使我坐在马桶上他也能看见我，这可真有点尴尬。他和上帝一样，但没有上帝那么老。即使我不乖他也不会不爱我，不过我并不相信。他穿一件棕色的长袍，喜欢让小孩爬到他的膝上。那会儿他就不是看不见摸不着的了。他的手和脚被钉了钉子，我不忍去想那种肉体被撕裂的情景。

我学会了如何完美地做这个祷告。"她发音吐字多么清晰！"我父亲这个已脱离长老会的人说，声音充满了温情。这只是个计谋，我学会了怎样祷告，这样父母就会更加爱我。"她真是聪明。"他们会说，他们每次这样说的时候，就像递给了我一朵小红花。真有福分。我母亲说，她自从婚礼后就再没有进过天主教堂。我记得她惊叹地摇着头，一位骄傲的母亲，站在屋前的门廊外，一副自得的样子，身着青柠色的七分裤，脚上穿着吱吱作响的墨西哥式凉鞋——那种编织的皮凉鞋是有一个词的：沃腊契。她对自己早期的婚姻生活、她在多伦多的仿伊丽莎白式小房子，以及长方形的院子都很满意，她喜欢那一段时间，到后来才变得不满意起来。

受母亲的影响我也很喜欢花儿。不同形状的花蜷缩在微小的种子里，那些种子那么小，五十粒也只不过将将占满一个小种子袋的底部。这些种子从一开始就很奇妙地被编好了代码。我们把黑色的小粒倒进手中，然后又种到花坛里。它们发芽，然后按照预先精心设计的生长方案开放。多么奇妙呀，所有那些被压缩的部分都舒展并绽放开来，但谁都没有这么说过。当种子真正开始成长时，没人觉得有什么好惊奇的：从出芽，到长叶，到分叉长出长长的枝干，到最后开出纷繁的花朵。我喜欢将花瓣夹在手指中间，把花粉搓到手心里。"莉塔，那样可不好，"我母亲说，"你为什么要伤害一朵美丽的花儿呢？"我不信她说的，花儿怎么会受到伤害，不过我不再那样做了。我是个笨拙的孩子，希望能得到大人的认可，或者至少能暂时摆脱那无休止的不确定感，这种时刻令我感到平静。

有一次我用勺子在扶手上划出了痕迹。我母亲用黄油涂抹擦拭，痕迹就没了。她不知道是我弄的，她的小女儿不会干那样的事情。要是我说鸡蛋壳是塑料做的，或者问父亲我们能不能买些冰溜子挂在房檐上，他们就会善意地大笑起来。我们的邻居，麦克安德鲁斯家有冰溜子，那些能存续一整个冬天的长长的银色冰手指。"我们的小莉塔，"他们笑着说，"我们的小东西。"我很害怕被淹没在他们的赞美里面。没有一个坚固的东西可以让我依赖。我随时会失去平衡，然后我就不再是小莉塔了。像诺拉一样，我将什么都不是。

我没有兄弟姐妹，但我会仔细观察来到我们家的那些小婴儿，他们是我父母的朋友的孩子。他们躺在襁褓中，小小的，紧紧地裹在羊毛毯里，身上散发出的气味像坏了的牛奶。从一开始我就看出他们的好奇心是沉着而平和的，这缓解了笼罩我们家的种种神秘感。他们并不像我一样急于搞清楚圣婴耶稣头上的光环：那光环是什么做的？为什么能悬在耶稣头上掉不下来？怎么他走到哪里光环也跟到哪里？他们把小手放在厨房里收音机的塑料壳上，被收音机发出的震动引逗得直笑。我明白他们对这种简单的电子传导没有多想，而我对此却有自己的一套理论：我知道在收音机的外壳里面住着小人——这些人乐善好施，他们居住的微型村庄就悬挂在一座陡峭而黑暗的山峰上。除了我谁也不知道这个，而且我谁也信不过，懒得跟别人讲。

并不是疏忽导致我被困在无知之中。大人们太忙了，没有时间进行详细的解释。事实上，我父母的忙碌是让我感到害怕的一个因素，他们有太多需要照料的事情。他们的任务是让我们活着。他们根本不会想到我会因为往左右看的时候看不到自己的鼻子，只看到模糊的轮廓而感到忧虑。当然了，他们两个谁也没有表示对自己居住的宇宙感到困惑，可能他们对很多概念也不甚清楚。我的父亲身形纤瘦，腿长长的。他手里夹着根烟，一边巡视着院子，一边俯身查看一朵鸢尾花。这朵宁静、规整、从一个瓷实的球茎里长出苞片和根茎的花朵，其每个部分都是预先设定好的，如此恰到好处——他虽具有园丁的敏感，却并没有对此感到惊叹。他经销早期的加拿大松木家具，还兼职做书籍的复旧工作——就是把限量版现代书籍的书页和书皮磨旧，使这些书看起来像陈年旧书似的，带有一种历史感。

月亮跟着我走。我七岁的时候，在后院的草丛里穿行，我仰着头，想让自己感到眩晕。我可以看到，我每走一步月亮就悄悄地跟我一步，我向牡丹花坛走去时，它也一直跟随着我。为什么在世界上所有的人中偏偏把我选作月亮的伙伴？这有什么含义吗？荣誉，责任，责备，究竟是哪一样？

我悄悄对我的朋友夏洛特讲了月亮的事。但是她却说月亮也跟着她走。所以在街巷的一头我们分别朝相反的方向一步步地走。我立刻就明白了月亮是跟着每个人走的。这个认识让我感到莫大的宽慰，美中不足的是稍稍有点失望。

夏洛特是一个丹麦裔加拿大家庭的孩子，她家在布卢尔街上经营一个画招牌的商店。她心中的秘密是她爸爸的名字：阿道夫。她爸爸知道那个残酷无情的阿道夫所引起的不祥的联想（其实我对这些一无所知），所以给自己另起名叫克里斯·克里斯琴森。我答应她永远不告诉任何人她爸爸的真实名字，我真的谁也没告诉。夏洛特长着黄色的头发，剪得齐齐整整的。她特别温顺听话。有个年纪大点的孩子跟我提到夏洛特时，说好人不长命，夏洛特就会是那样的结局。这话说出来的时候带着一种威严——无动于衷，无动于衷，接受，接受——我完全相信了，尽管既没有证据能证明夏洛特是真的善良，也没有迹象表明她会早夭并因此为人挂念。夏洛特的善良和她可能遭受的惩罚成了我的一个困惑，构成我众多的猜想之一，还有那个美善的问题——它是什么？它来源于哪里？——仍然困扰着我。

尽管心中对童年怀着阵阵渴望，但困惑使我无法回顾往昔。丹妮尔·韦斯特曼在她的文章《多愁善感》中也说了类似的话。她是我脑子里的另一个声音，几乎总是在那儿，有时是回声，有时是独白。著名的韦斯特曼博士说，我的天，当我们都在拼命装出若无其事的样子，假装知道世界是怎么一回事的时候，谁还会愿意回到那种咕咕哝哝、茫然不解的状态中？事实是我并不需要什么都知道，而且本来也没有人期望我什么都知道。

我好像有自我饶恕的本事。这是我在四十四岁的时候仍能得到的、为数不多的几个宽慰之一——无须再忍受那种没有穷尽的恐惧和无知。我一直很关注我这几个正在成长的孩子，留意他们是否有怀着类似困惑的迹象，希望能够及时介入，用信心和知识挽救他们。当然诺拉算是暂时迷失了。她患上了和我一样的病，只是病情更严重。她一直都在倾听，太过急切，太过认真，太过在意，所以伤害也来得出其不意。至于娜塔莉和克里丝汀，到目前为止，尽管她们的姐姐出了一点状况，但她们倒似乎处之泰然。不过很有可能她们也是在装样子。

每 一

"谢谢你将我从你的腹中释放出来。"我的二女儿克里丝汀对我说,今天是 10 月 12 号,正好是她的十七岁生日。

腹中。她从哪儿学来这么个词的? "是从汤姆·沃尔夫的小说里,"她解释道,"指的是子宫,或孕育之处。"

她站在厨房里,吃着剩比萨当早餐,就着一杯苹果汁往下吞。

"不客气。"我说,为了让谈话继续下去,我又说:"我非常乐意。"

"你可不是这个意思。"她说。她只有两分钟的时间穿上外套,跑到路上等校车过来。"生孩子可不能算作生活的乐趣。"

"好吧,"我尽量用含糊的语调说,"那你是怎么知道的,克里丝汀?"我瞟了一眼炉子上方的钟,她看着我瞟那个钟,我又反过来看着她。她的嘴鼓鼓的,塞满没有嚼碎的比萨面饼,她正用她结实健康的牙齿嚼着。这副样子可不太好看,不过我喜欢我们这个稍微有点敦实的女儿，希望每一天都能享受她的温柔亲近。

"那好吧，"她说，一副恼怒的样子，"我的确看了那个在家里生孩子的录像。你也看了，还有你丈夫也看了。"

最近，她提到她爸爸的时候，不是说爸爸或爸，而是说我的"丈夫"，有时是我"从前的丈夫"，还用一种夸张的、故作英国上流社会人士的口音。当她对她爸爸说到我时，总是说"你的妻子"。"你的妻子喜欢巧克力，"昨天晚上，当我收拾最后一点蛋糕渣的时候她告诉她爸爸说，"你妻子答应看一遍我写的有关《第十二夜》[1]的文章。""你妻子需要一双好看点的新鞋，替换她穿了几百年的那双跑步鞋。"我和汤姆知道这种用词的变化是为了调侃，我们在家里的老称呼——妈、爸——现在用起来会令她们有点不自在。

"所以我要谢谢你们，"她说，现在她总算穿上外套、戴上手套，朝门口走去，"天哪！要经历二十个小时的产痛才能将我从你的子宫里弄出来！"她故意拖长了语气，"子——宫——"，念"宫"字时的声调很有喜感。

"十二个小时。"

"你忘了。"

"谁忘了我也忘不掉。"

"你这是在篡改历史，"她说，"你和你丈夫想让我们相信我们来到这个世界的时候没有引起太多的不安和麻烦。你为什么那样笑？"

"我在笑你说的那两个词，不安和麻烦。让我想起你的奶奶。温

1　莎士比亚剧作。

特斯奶奶。她总是希望不要给这个世界增加不安和麻烦。"

"可同时又不断地给自己招揽不安和麻烦。哼！"

现在她总算出了家门，沿着小路一阵飞跑。"不管怎么说，"她在我身后喊道，"谢谢你们。"

一天里我被感谢了两次。早晨的时候，我在浴室门口碰到了小女儿娜塔莉，她说："谢谢你们没有给我起名叫奥菲莉亚。"

"奥菲莉亚！"

"我们学校新来了一个女孩，从普雷斯科特转学过来的。"

"那她的名字是——"

"奥菲莉亚。"

"这个名字现在——"我搜肠刮肚，"有点少见。当名字用不多见了。"

"一个愚蠢的名字。"

"是啊，这个名字没什么人用。"为什么我在谈论这些无关紧要的事情时还要那么婉转？"我猜是起这个名字的人觉得有诗意吧，"我说，"我是说，她的父母。"

"大部分同学都不知道。我是说，他们不会联想到。我们明年才会学《哈姆雷特》[1]。"

"我没碰到过有人叫——"

"奥菲莉亚？所以福斯迪克先生派我照顾她一两天，领她在学校转一转，认识一下大家。你能想象吗？——'让我来介绍一下，嗯，

1　莎士比亚剧作。奥菲莉亚是该剧中的人物之一。

这是奥菲莉亚。'还要尽量显得一本正经。"

我对着十五岁的娜塔莉笑了，一只眼睛看着她精巧的下巴，赞叹那漂亮的形状，另一只眼睛，那是我做母亲的眼睛，感到有些担心：她太瘦了吧？她那单纯的身体里爆发的是什么样的知识呢？

"除了名字，你还是喜欢她的吧？我是说奥菲莉亚。"

"喜欢她？我想是吧。"

"你想请她来家里吗？请她来吃饭？今天不行。要不就明天。"

"好吧，我可以问问她。"

"就这样。"

"还记得尼舍娅吗？四年级的。那是个古怪的名字，尼舍娅。可是我们当时那么小，才九岁。我们从没觉得尼舍娅古怪。比如我们从来没有嘲笑过她的名字。"

在回答前我顿了一下。家里的几孩子中，娜塔莉是最容易受别人影响的，总是容易不满。"我想我们都要学着适应自己的名字吧。"最后我说。

现在轮到她不吭声了。"那么你不介意被叫作莉塔喽？"她怀着刚刚点燃的热情紧追不舍，"我是说你父母在你是个婴儿的时候给你起了这样的名字。姥姥姥爷，他们给你起名叫莉塔。"

"没起更糟糕的名字就不错了。"

"至少他们应该使用正确的写法，用丽这个字。"

"他们可能觉得叫起来好听就行。"

"还有我们给狗起名叫佩特。不太有创意。"

"是诺拉——"

"在她十二岁的时候，我记得。她想要一个宠物。"

"刚开始几天我们叫它'一个宠物'。后来就只叫它佩特[1]。后来我们也就习惯这个名字了。一个普通的名字，不是那种会让人感到过于书卷气的名字。"

她一脸嫌弃地看了我一眼，我以为她会说："那个故事我都听过一百遍了——"相反她往后退了退，勉强笑笑。克里丝汀和她决意不给我们这个遭受重创的家庭再增添一丁点儿悲伤或者麻烦。

"那我请奥菲莉亚明天晚上来，好吗？我介绍她的时候你可不要憋不住笑出来。"

"我保证。"

"那好，就这么定了。"

将来，等她到了五十岁，进入更年期，充满智慧，精明能干，会打高尔夫，做过几笔房地产买卖；或者到了八十岁，佝偻着身子，坐在轮椅上——无论那时她成了什么样，当她回顾过去时，她都不会记得我们在浴室外面进行的这场谈话，不记得她曾对一个女孩不幸的名字感到尴尬，也不记得她曾质疑她母亲的名字以及这名字于我而言的意义。她的生活正在向上、向外发展，克里丝汀的生活也一样。她们不知不觉地编排起自己希望记住的童年，准备好像我们每个人那样离开自己的母亲去独立生活。这时的记忆构成了她们四分之三的重量。我不知道她们会舍弃什么，又会保留和修饰什么，我也不确定她们是否有能力不断进行选择。

1　"佩特"是英文单词 pet(宠物)的音译。所以娜塔莉觉得给狗狗起这个名字缺乏创意。

娜塔莉和克里丝汀竭尽全力活跃家里的气氛。这真让我难受，她们的那些小节目，她们为了逗我和汤姆，或是为了转移我们的注意力而做出的努力。她们想让我们知道家里还有她们，她们愿意做正常的女儿，会一如既往地履行女儿的职分，去学校，交朋友，在家里吃晚餐，练习篮球，参加游泳队。为什么让孩子成为游泳队队员会令人宽慰？因为看到那些光滑湿漉的身体在泳池边瑟瑟发抖，闻到她们头发上消毒水的味道，会驱散那些令人不安的事情。

两个女儿已经放弃了排球，不再参加奥兰治镇中学星期六早上的排球训练。

她们有别的安排。每个星期六早上，天还未亮，汤姆就开车把克里丝汀和娜塔莉送到奥兰治镇。她们俩从那儿坐公共汽车去多伦多，在市中心的老公交车站下车。然后她们会步行一个街区，再坐地铁去布卢尔街和巴瑟斯特街的交叉路口，陪诺拉在那一小片人行道上待上一天，傍晚时返回奥兰治镇。自从我们发现诺拉在那儿后，她们就一直这样没间断过。

她们第一次去的时候没有告诉我们。我们一天都没有见到她们，很是担心，更何况她们只是十几岁的孩子。我们坚持要求她们给个谈法，她们才很不情愿地告诉了我们。"我们只是想去看看她。"克里丝汀最后说。

她们带去了坐垫。现在天气变冷了，她们还带去了毯子。她们用包装了三明治、瓶装水、一暖壶茶水、一摞杂志和书、手纸和卫生棉条，她们什么都想到了。她们翻了诺拉衣橱的抽屉，找到了袜子、内裤、套衫。她们还特别想带佩特一起去，但公交车上不让带宠物。她们相信只要让诺拉看见佩特流着口水四处闻闻嗅嗅、摇着尾巴的样子，她就会回家。我和汤姆有点犹豫，担心这会给诺拉增加压力，像在逼迫她。

我们俩都不清楚，女儿们在布卢尔街和巴瑟斯特街的街角待那么长时间是在干什么。我们只得到一些线索。

"我们只是放松放松。"娜塔莉说。

"就像访客一样。"克里丝汀说。

我什么都不问。问太多有可能会破坏她们煞费苦心制定的计划，这计划本身就很脆弱。

被动能够引发暴力，这是我最担心的——诺拉将没有能力进行自卫。我说服自己相信克里丝汀和娜塔莉星期六的远行于诺拉的安全有益，尽管对她们两个来说反倒有点不安全。我没有阻拦，她们星期六去看望诺拉时，我愉快地和她们挥手告别，就好像这个新计划真能成功，真能挽回一部分已经失去的东西似的。

第一次去的时候，她们抱住诺拉，哭着求她回家。

"她一个劲地冲我们笑，"克里丝汀汇报说，"她就坐在那儿，笑得让人难受。她说见到我们很高兴。"

"她身上有味，"又有一次娜塔莉说，"破地方。青年旅馆可以冲澡的。你觉得她还记得怎么冲澡吗？"

"她身上没有味，"克里丝汀说，她想安抚我，"是街上的味道。"

"她并不怎么跟我们说话。"娜塔莉说。

"一开始我们坐在离她三米远的地方。我们不想惹毛她。"

"说的好像她还不够——"

"我们就坐在她旁边。娜塔莉坐在一边，我坐在另一边。"

"她并不介意。她只是一直面带笑容，一直有人过来给她钱。"

"或者不给她钱。"

"她比那个角落里其他人得的钱都多，那儿还有四个人。那些路过的人好像更喜欢她。"

"没有人给我们钱，不过我们也没有挂一块硬纸板或是牌子之类的东西。"

"有一个男人给了我一加元。他直接把钱丢到了我的腿上。那人怪怪的。"

"其实挺无聊的，可是她好像习惯了。"

"她就像在冬眠似的。她的一切都减缓了。"

"只是坐在那儿，不看书，也不观察什么。"

"我们给她带了一把牙刷，万一她没有呢。"

"我们给她带了她的双排扣呢大衣。我们离开时就将外套放在她旁边。"

"我们把外套用塑料袋裹着。"

"我们总是告诉她下星期会再来。这是我们对她说的最后一句话。"

"我们也不和她拥抱什么的。她好像不太愿意我们抱她。"

"不过我们待在那里她好像也无所谓。她似乎认为如果我们愿意，待在那儿也是我们的权利。"

娜塔莉最近睡眠不好。克里丝汀的数学成绩在下滑。可是她们两人都不肯承认。她们想相信，也想让我们相信，到目前为止除了走了点弯路，情况一切正常。两个人似乎达成一致，要始终坚定信心。

对于克里丝汀和娜塔莉来说，或者对于我那傻傻的、肤浅的、通俗小说里常见的笨蛋女主角艾丽西娅来说，童年的故事是人生的铺路石，但对于诺拉来说不是这样。诺拉似乎停在了童年最后一段不用承担责任的日子里，被十九岁年纪里嗅到的不公所刺痛。有什么东西在她脑中剧烈地、不满地跳动着，像一个赘瘤，但长势迅猛。它的触角伸向她意识的四面八方。这入侵来势汹汹，让人浑然不觉。

考虑到

亲爱的亚历山大·沃克纳：

　　我最近一直感到有些沮丧（身体欠佳，挂虑青春期的女儿，等等）。在最近一期《评论》上，我读到您精彩的长文《词典的历史》，感到一阵欣慰。文章题材新颖，论证有力，充满嘲讽。我也喜欢文字，常常在工作时间把弄同义词。特别有意思的是您像是从讲台上蹦上蹦下，时而高谈阔论，引经据典，时而又悄然细语，像我们这儿公共图书馆里写小说的那位曲髯男子，肘边放着一本同义词词典。您从亲切走向庄重，然后像个调得恰到好处的节拍器，往复徜徉于这二者之间。我欣赏您文章的严谨细致，其中充满逸闻趣事，亲切易懂，渐渐道出玄机。我非常清楚有时您想接近那些伟大的作家，看看他们是否会"纵容自己"在办公桌抽屉里藏一本同义词词典——性质等同于一瓶杜松子酒。约翰·厄普代克、索尔·贝娄、理查德·福特、汤姆·沃尔夫、安东尼·莱恩，您提到了这些名字。这些人被问到是否使用词典时会不会大惊失色？想象一下他们窘迫不堪，慌忙藏起词典的样子，会是什么样的情景！还有谁？——加尔文·特里林、威廉·F.巴克利、罗伯特·洛威尔、安东尼·伯吉斯、朱利安·巴恩斯。

这是一份长长的名单，一份重量级人物的名单，可是您得承认这也是一份有缺憾的名单。我相信您在阅读校样时也会意识到您忽略了丹妮尔·韦斯特曼，或是乔伊斯·卡罗尔·欧茨，或是爱丽丝·门罗，不过到那时也许已经太晚了。我肯定您会感到头皮一阵发紧；一个简笔画小人向您摇了下手指，说："沃克纳先生，这儿缺东西。"或许您本来可以把西尔维娅·普拉斯放进去？谁都知道她在写诗的时候确实会使用同义词词典，想想还真有点令人吃惊。您想不到一个诗人会从椅子上跳起来，去查一个机械装置——一本同义词词典本质上就是一个机械装置。

或许您在脑子里浏览这些文学界的雄性大人物名单时已然感到疲倦，无力顾及其他；尽力让男女数量均等可能又太勉强，或显得过于政治正确。可是您有没有注意到，更重要的是，在您长长的文章中（16页，双栏）连一个女性都没有提到，无论任何语境，一次也没有提到？好像这些伟大的男性文学家完全是凭他们自己来到这个世界上的。诚然，统计既累人又烦人，可是沃克纳先生，您的声音和您的平台（《评论》）具有权威性啊。您一定懂得，即使是偶然受您影响的女性（我的过失）也不得不学着自我轻视了。

这就是我郁闷并要跟您唠唠叨叨的原因。我是个四十四岁的女性，我原来认为社会是在向前发展，也记得我过去相信它是一个整体。现在，我突然开始从我十九岁的女儿的角度来看待问题。我们都想搞清楚诺拉到底怎么了。她不肯从事固定的工作。她放弃了大学的奖学金，退了学。她坐在马路边乞讨。她曾经非常爱读书，现在已经不再看书了，她相信她这样做是为了美善。她不愿崇拜什么，没有崇拜式的信仰，对那种本质上将人看作附属品的居高临下的狂热也不感兴趣。她在忙于她的自我消亡工程。这个过程很慢，也令人悲哀，但我最终也开始懂了。我的女儿克里丝汀晚上磨牙，这是有压力的表现。我的另一个女儿娜塔莉咬指甲。女性被逼入窘境，不得已发出抱怨，而后又需要安慰。诺拉需要的是属于全世界的归属感，或者至少有一

刻可以体会这个世界全部的美妙。可是她不能。所以她绝
望了。

你永远的，

拉娜塔·温特斯

奥兰治里，威彻伍德城

所以

　　我的女儿在多伦多街头像一个流浪者一样生活着，可是即便如此，我今天早上还是买了四立方码筛过的树皮覆盖料，让人送到家里来，连同运费总共 141.91 加元。院子里，今年的最后一次除草已经结束，现在我们要把这深色的、散发着树木气味的东西摊开覆盖在灌木丛和多年生植物之间，并尽可能均匀地耙平。我们会闻到一种介于腐熟和清新之间的有点不自然的味道。到了春天，所有的碎木块就会变成粉末，渗进土壤里。

　　这个念头令我想到无数个比喻，让我感到眩晕。所以我用通常的办法打发掉这个念头：立刻去想点别的事情，做点别的事情。

　　我给送货人写了一张支票，他是个男孩子，长着漂亮的面庞和整齐的牙齿。我最近太忙了，没注意日期，还得要他提醒我。

　　"今天是我的生日，"他兴高采烈的样子，"二十八岁。"

"真是个美好的年纪。"我说。还能说什么呢？

"是啊，我也觉得是。"他赞同地说。真是个亲切的小伙子。"我希望他们给我转成长期工。"他冲着卡车的方向点点头，"那样我就可以辞掉夜里给《全国邮报》送报纸的工作，见我的女朋友就容易一些，她在茵勒湖那边。然后我们就可以考虑结婚成家了，那该多好啊。"

我知道要是我点点头或者笑一笑，他就会告诉我他的一切，告诉我在他脑子里拍打的每一朵思维浪花，是它们支撑他活着。我对他有多大的力量啊，我可以像对收音机一样打开或者关上他的话匣子，不知为什么这让我感到羞愧。他站在那里，双臂交叉在胸前，滔滔不绝地讲着他的人生经历，讲着今天这个特殊的日子对他是多么重要，讲着他是如何满怀希望——他的期望其实很低，低得可怜。等到他朝卡车走去时我才注意到他的腿有点毛病。两腿向内弯曲，双膝不自然地靠在一起，走起路来不是稳稳地迈步而是一跛一跛地。

"祝你度过愉快的一天。"他用特别开心的语气回头对我说。

傍晚时我和汤姆把覆盖料摊撒开来。看到地上整齐地覆盖了一层，我们很开心，就好像给土地做了什么好事一样。我们停下来，观察树上残留的几片叶子在傍晚的光线中忽明忽暗，然后一起走进温暖整洁的厨房，仿佛嗅到了一丝责怪的气息。我们尽力去享受快乐的生活，却失败了。无论怎样小心地安排生活，我们都会被击垮。然而此刻，烤箱里正飘出意式千层面里烤熟的西红柿的香味。克里丝汀在客厅里弹奏着莫扎特，难得地陶醉在逐渐变得低沉的重复乐段中。娜塔莉穿着牛仔裤瘫在电视机前的地板上。汤姆在她旁边的椅子上坐下，佩特很情愿地充当着脚凳，好像在说：这样的生活多么美妙啊！——为什么不能总是这样呢？他们在看六点的新闻，看得并没有多认真，也没有多热切，不过注意力还算集中。他们显得温和而倦怠。娜塔莉看着屏幕，脸上一副"花儿都到哪里去了？[1]"的表情，汤姆还关注着电视新闻的内容。在总理的坚持下，举行了一次联邦选举。不出所料，与美国声势浩大的戈尔和布什之争[2]相比，关于这场选举的新闻显得无关紧要。"我不喜欢他了。"地板上的娜塔莉懒懒地说。她指的是让·克雷蒂安[3]。她说话时带着一种近乎中性的严厉。"浮夸。脑子进水了。"克里丝汀在隔壁房间里又开始弹莫扎特，她知道我随时有可能叫她去布置餐桌准备用晚餐，她要让我知道，与其这样，倒不如让她发挥所长，去为明天的钢琴课做准备。我查看了一下烤箱，摆好了桌子。

七点。我将手伸进烤箱，把铝箔纸从意式千层面上取掉，然后拉上厨房的红色窗帘，这是我给住在隔壁的婆婆的信号，告诉她这时候应该穿上外套，走上山坡，穿过落满树叶的草坪来吃晚饭了。我的婆婆和我们一起用晚餐，我们用窗帘做信号已经快二十年了。她会从光线渐渐变暗的阳光房里望向这边，耐心地等待着，这时候她已经施过粉，也涂了一点口红，小便过，房门的钥匙装在口袋里。她会用整整四分钟走过那一百米的上坡路，到达我们房子的后门，我给她留了

1　出自"美国现代民歌之父"皮特·西格的作品《花儿都到哪里去了？》，这首歌表达了时间流逝，战火纷飞中爱人离散、生死相隔的悲伤。

2　2000 年美国总统选举中，民主党候选人戈尔和共和党候选人布什的票数极为接近，难以判定。布什最终赢得选举，当选总统。但这次总统选举颇具争议。

3　让·克雷蒂安（Jean Chretien，1934—），加拿大自由党政治家，1993—2003 年间任加拿大总理。

门。我为什么会在厨房里挂红色窗帘？因为西蒙娜·德·波伏娃喜欢红色窗帘，因为丹妮尔·韦斯特曼出于对波伏娃的尊敬而喜欢红色窗帘，我因为丹妮尔的缘故而喜欢红色窗帘。红色窗帘代表着家、舒适、自在、陪伴、吃的喝的，还有家人——再没有什么别的东西能做到这一点。

我把热腾腾的意式千层面放在桌上，旁边是蔬菜沙拉，盛在我母亲的巴西旧红木碗里，那是母亲和父亲去圣保罗参加一个会议时买的——那是什么时候？应该是70年代早期，年幼的我被单独留下，交由朱蒂姨妈照顾。"吃晚饭了。"我招呼道。然后又提高声音："吃晚饭了！"

他们都训练有素。随着一个滑音，莫扎特立刻结束了。温特斯奶奶进了门，手里拿着今天的餐后甜点苹果酥。她脱掉她的高级秋装外套，叹了口气，并不打招呼。最近这段时间，她从不开口打招呼。电视机没声了，我们一起坐下。克里丝汀戴着一顶棒球帽，帽檐向后，好像故意要惹奶奶生气似的。

我们沐浴在亲情中。我满怀感激地享受着，尽管这氛围中还间杂着不安和失落。在这个秋日的晚上，我在餐厅点起了蜡烛，我们如普通家庭一样坐在一起，好像我们的小星球仍运转如常——季节会继续周而复始，秋天即将为冬天取代，院子里铺着新的覆盖料，像一层羊毛，温暖着大地。尽管才十月，但已经预报会有雪了。

娜塔莉在家里虽然是最小的，但每次都担起了活跃气氛的重任，让大家在吃饭的时候不致陷入沉默。她正在说她的历史老师葛兰文先生，他今天向全班宣布他是同性恋。"以为这多么令人吃惊似的，"她说，"好像我们一点也没发现。""噢，他呀，"克里丝汀说，"我们两年前就知道他是同性恋了。"温特斯奶奶眨眨眼，然后用叉子把软软的食物径直往嘴里送，大口地吃起千层面来。她对自己的好胃口感到满意，不过她从不说。她今天吃什么了？早饭是烤面包片和咖啡，午饭是烤面包片和茶。难怪一天下来她胃口那么好。汤姆最后才给自己分菜，他的手有点抖，从什么时候开始的？幸好还有克里丝汀和娜塔莉，还有她们在学校里道听途说的那些荒唐事，幸好她们愿意无所顾忌地给我们详述这些微不足道的日常杂事——有人周末在多伦多的一个同性恋酒吧看见葛兰文先生，他和一个男人拉着手，还和那个人亲嘴。"啊！不会吧，还真的亲嘴啊！"克里丝汀说。她们滔滔不绝地谈论日常杂事，竭力要填补诺拉的空缺，但是诺拉低语沉思，遇到提问时那种恰到好处的停顿，却是她们模仿不来的。"别忘了吃沙拉。"我提醒她们。这是我为晚餐会谈做出的唯一贡献，是出于一个母亲的本能——为家人提供营养平衡的膳食。

我在想我小说里的艾丽西娅，她最近正在践行低碳饮食，这样才能穿上自己定制的八号婚纱。她是一个多么乏味的女人啊。罗曼到底看上了她什么？虚荣得要命，从没受过苦——或者是苦难还没有找上她。苦难被阻隔在她的骨髓里，没有从她的肉体进入脑干。

我突然明白了。艾丽西娅和罗曼的婚礼必须推迟。现在我知道这部小说该朝哪个方向发展了。艾丽西娅注定不应该有伴侣。单身对她而言真是再好不过的状态了，一直都是这样，她差点就失去了它，或者说我这个小说家差点就从她那儿把它夺走了。必须通知婚礼的来宾，礼物也需要退还。艾丽西娅、罗曼、他们的家人、他们的朋友，所有的人——真是愚蠢啊，真的很愚蠢。这部小说要想活下来就必须经过重新构思。艾丽西娅会不断加深自我认识，这本书的页数还会增加。我明天就重新开始。这个念头令我兴奋。明天。

这时电话响了，纽约打来的，说我的编辑斯克里巴诺先生下午去世了。

下　次

　　亲爱的斯克里巴诺先生从楼梯上摔了下来，第二天在医院去世。三天后将举行一个不对外公开的小型葬礼，下周的《纽约时报书评》将会刊登专文悼念。《纽约时报书评》的人将电话打到我在奥兰治镇的家里，问我对这位编辑有什么看法。

　　我回答时不够镇定自若，还有点笨嘴拙舌。我解释说：斯克里巴诺先生曾经是丹妮尔的编辑，我出第一部小说时，丹妮尔就直接让我去找他。我很幸运，有人给我指了一条捷径，让我在四十来岁的时候出版了第一部小说。我怎么看待我和他在工作上的合作？我们只见过两次面，通过可能有十来次电话，偶尔也会写写信，不过时间并不固定。在他宽敞明亮、装饰朴素、位于曼哈顿中心第六十二层楼的办公室里，我当着他的面签过一份合同。他没有请我出去吃午饭，对此他特意向我表示抱歉。通常出版商都会请作者吃饭，但是他习惯在十二点整的时候从一层的熟食店点一个三明治送上来。当时已经中午了，他问我是否介意吃一个日常的普通三明治。我说不介意。几分钟后我们就拿着用黑麦面包、奶酪和生菜做的三明治大口吃起来。他吃东西的样子很优雅，小心地不让碎渣沾到胡须上，悠然地喝着他的热茶。他的笑声短促、深沉、自然，我看得出他对女人可能很有吸引力。我坐在一把小椅子上，他坐在他宽大的熊爸爸椅子[1]上。

过了一会儿，他谈起写第二部小说——一部续集，不过我记得他没用这个字眼。现在他突然就不在了。"我很崇拜他。"我听见自己对着话筒说，然后莫名其妙地补充了一句："我也搞不明白。"

汤姆说从楼梯上摔下去通常不会致死。通常只会身上受点瘀伤，有时会摔断胳膊或腿。只有当头部以某个角度或者一定的力度撞到硬东西时才会致命。一整天我都在想他这会儿本来应该还活着——要是他没有如此不幸地一头栽了下去，要是他没有坚持不给楼梯铺地毯，要是他的头没有撞在楼梯拐角处的花岗岩上——那还是50年代他去意大利讲课时带回的纪念品。

他的秘书阿德里安娜说他去世时没有受苦。她打电话过来，很全面地讲了事情的始末，就好像我作为他们公司的签约小说家，理当获悉这些信息似的。对啊，她说他们会亲自联系斯克里巴诺－劳伦斯出版社的所有作者，告知斯克里巴诺先生去世的消息——斯克里巴诺先生也会期望这样做的。阿德里安娜说，事情就是这么凑巧：在昏暗的楼梯上犯了晕，摔倒时头先着地，又正好撞到致命的石头上。斯克里

---

1 指英语童话故事《金发姑娘和三只熊》中熊爸爸的椅子，是家里最大的一把椅子。

巴诺先生可能是要下楼去厨房，沏些助眠的花草茶。

不过我并不知道他有心事，他一个人生活，他曾经在意大利讲过课，他有睡眠问题。我甚至不知道他多大年纪，后来有人告诉了我，我也从讣告上看到了，七十七岁。他的去世本不该让人感到震惊。刚听到消息时我觉得我的小说出版不了了，毕竟是斯克里巴诺先生自己一个人开启并推进了这个计划。（我知道这完全没有劳伦斯先生的事，他死了几十年，但他的名字一直保留在出版社的名字中，因为这样听起来更悦耳。）

斯克里巴诺先生去世的消息对丹妮尔·韦斯特曼却打击不小。他们已经认识四十多年了，我怀疑他不仅是她的编辑，在 60 年代早期可能还短暂地做过她的情人。她会直呼他的名字——安德里亚斯。听到他去世的消息她大为震惊。在过去的一两年里她的好多朋友都去世了。她在电话里对我说，编辑的去世就是要让作者懂得，写作实际是个骗人的花招。"作家没有编辑就什么都算不上，只是个织花边的人而已。"

我对这个看法不敢苟同，不过也懒得争辩。说实话，对诺拉的担忧占去了我过多的注意力，对一名七十七岁老人的意外去世我很难感到真正的悲痛。我没有为他难过多久，就是适度悼念了一下；几天以后就过去了，翻篇了；我带着鲜花去参加了他的葬礼，葬礼在圣帕特里克大教堂举行——这倒是让我印象深刻！——我给他的秘书写了个便笺——他没有家庭——然后我就把他忘了，不再想他了。我的悲伤也只能持续这么久。

丹妮尔似乎不能理解我与她在这件事情上截然不同的态度，或许她会觉得我心硬。"多么了不起的一生。多么气质不凡的一个人。贡

145

献卓著。没有谁能取代他。"

我说，是啊，可是他活了很久。我的意思是：他得到的比诺拉要多得多。

十一月初——我不喜欢这个时节。早晨天亮得很晚，路上到处是破碎的南瓜灯[1]。我一直在想，冬天是个更艰难的季节，但相对于什么而言呢？汽车灯光里雪花飞扬。光秃秃的树将天空分成片片块块。在短暂的、没有阳光的星期三，空气像细薄的棉布一样向四面八方蔓延。

每逢星期三我都要开车去多伦多。这听起来简单，可并非易事。我六点就醒来。冲澡，穿衣，把头发向后挽起来。叫醒克里丝汀和娜塔莉，提醒汤姆毛衣上有一点污渍。准备早饭：给我和汤姆煮咖啡，给女儿们沏茶。准备面包片、黄油、果酱。清理烤面包机周围的碎渣。把杯子、碟子放进洗碗机里。催促女儿们抓紧时间以免误了校车。娜塔莉什么都没吃，她靠奶茶能撑多久？和女儿们拥抱道别，祝她们一切好运：数学测验、化学实验、篮球训练。拔掉咖啡机的插头。帮汤姆找到他的记事日历，压在了昨天的信件底下。拥抱，拥抱，他走了。带狗出去溜达几分钟。给汤姆的母亲打个电话，问问她昨夜是否安睡。查一查户外的温度，零下十度。最后，把车倒出车库，驶向多伦多。

这段路途反反复复，满眼都是水泥路的颜色，似乎没有尽头。要花一个小时——十点半，我把车停在诺拉所在的那个拐角附近。

---

1 万圣节时，人们会雕刻南瓜灯做装饰。十一月初过完节以后，到处会有不要的、破碎的南瓜灯。

我围着她所坐的那个街区走了一圈又一圈，尽量保持一点距离。我并不想吓着她。哦，亲爱的，他们怎么着你了？我不敢靠得太近去仔细看她的脸，但我猜她的脸上是漠然的绝望，由轻蔑和冷漠生发出的沉默，却显现出要随时将他人的一切援助付之一炬的决心。在这种压抑的天气里——飘洒的雪花，凛冽的寒风——她显得异常孤独。这个地方是多伦多一个焦躁不安、兴奋狂热的角落，喧闹吵嚷，贫穷低廉，孤独无助。街对面是奥内斯特·艾德百货商店[1]，一家巨大、古怪的廉价百货商店。店里的地面高低不平，所有的东西，从衣服挂钩到电视机都在减价出售。但诺拉的坐姿表明周围的一切对她来说都无所谓，好像除了她低着的头和弯曲的颈以外一切都不存在。奇怪的是，她看不见我——我可以一直不让她看到——倒让我感到宽慰，就好像我在给她某种有价值的东西，而实际上那只是我持续不断、毫无意义的担忧而已。我漫步进附近的店铺，从窗户里观察她。我围着那条街绕圈子，数着有多少人从她面前走过，有多少人给她一两枚硬币。有时我觉得她知道我在她附近。当我最后拿着一包食物走到她跟前时，她并没有抬头。

　　中午的时候我去了丹妮尔·韦斯特曼位于玫瑰谷[2]的寓所，在她的阳光房里支开的桌子上吃了几个小三明治，是那种精心准备的三明治，有蟹肉、洋蓟、咖喱鸡肉。现在我差不多是她唯一的访客。一块漂亮的桌布铺陈在小桌上，优雅的小餐巾经过专业洗涤，挺括地立着。我们用俄罗斯托杯喝着很浓的茶；这是丹妮尔喜欢的事情之一。

1　奥内斯特·艾德百货商店（Honest Ed's）是多伦多市中心一家著名的廉价百货商店，成立于1948年，是多伦多的地标性建筑。
2　玫瑰谷（Rosedale）是位于多伦多市中心以北的一处富裕住宅区。

她经常染头发，头发都变成了发紫的锈色，像软软的包头巾一样裹在头上。她的一只手摸着头发，没有别发卡的头发仿佛随时会掉下来盖住眼睛。很多年前，有一次她将头发径直从前额和耳部向后梳去，在脑后扎成一个油亮的发髻——就像我现在梳的发型。那是特意为了纪念年轻的丹妮尔——早期的丹妮尔，那个充满活力、重新确立了女权主义的年轻女人。现在，她穿着金色和白色相间的小鞋，看起来像卧室拖鞋，她裸着的腿上有多处擦伤和瘀青。她身上的灰色褶裙和针织开衫成了她的日常服装，这些衣服已经穿了很多年。她从哪儿搞来的这些难看的针织衫？我对锁闭在她身体中的年月惊叹不已——她所见所想的一切，她写下的文字，她经历的岁月，她遇到的情人，她在战争中所受的苦难。我们谈到她回忆录的第四卷，她很惊讶我目前并没有着手翻译，后来又讨论起我的新小说中艾丽西娅和罗曼的问题，他们的故事总算走上了正确的轨迹。我们为纪念斯克里巴诺先生举起茶杯。丹妮尔怀疑过无数遍斯克里巴诺是否是他的真名——还是他进入这个行业以后改的。最后，我起身，俯身拥抱她虚弱的身体，并且坚持不让她送我到门口。我看得出她都快睡着了。

　　驶上高速公路回家之前，我又一次慢慢开车穿过布卢尔街和巴瑟斯特街的交叉路口，寻找那个穿着双排扣呢大衣，熟悉的、英勇的人儿。那个低着头，现在裹着围巾的人儿。我这样做为的是让自己尽量轻松一点，就像这时人们通常会想的那样：虽然情况并没有好转，但至少还没有什么变化。她还在那儿。还在那儿。这让我感到一种犹疑的宽慰，帮我抗拒着沉重的悲伤。后面的车不耐烦地按着喇叭，我不理会。我可不着急。

尽 管

　　我和汤姆仍然有性生活——我说过吗？——尽管我们的大女儿像个流浪者一样住在街上。一星期一次或两次，我们一起躺在我们的大床上，一般会是午夜的时候，屋子里一片寂静，我们的脸对着脸，汤姆那温热、扎乎乎的颈窝就在我的面颊上，还有他的呼吸。他身体的那种特定姿势使我一动不动，仿佛我在倾听某种信号。他伸手够我，我回应，有时很慢，最近特别慢。一缕缕超然的感觉像基因那样在我们体内盘旋，不断向上升去。集中注意力，集中注意力，好，集中注意力起了作用。很快，我们就像一对呼呼喘气的疯子摇荡起来。然后，我们俩中的一个会哭。有时我们两人都哭。对性生活的不断需求，仿佛是一个我俩都不敢提及的事情。就好像我们挣扎着进入了一个隐秘的卧室，在这个地方，忍受痛苦的能力萎缩了。我们耳中那低沉的声音是我们自己的历史，永远也不会散去。

我们仍然彼此相爱吗？如果经过二十多年我们仍然有性生活，那我们一定还彼此相爱。当然我们会争吵，但是最终总会和好如初。相爱的问题与我们不相干，至少现在不相干。这个问题可以以后再说。我们活在彼此的保护之中，我们彼此相宜。经过这许多年，我们还在一起；这才是重要的。我们出去散步时，他的胳膊挽着我的胳膊，他的手握着我的手。因为我比他矮十几厘米，所以我需要向上耸起肩膀，他的肩膀也需要低下来一点。那样我们就合适了。我们生活中性的部分也经过了双方的细微调整和适应。我们对彼此的习惯那么熟悉，就像夜间没有拉上窗帘的房子：一隅令人舒坦的灯光，熟悉的一角屋檐，一面书墙，翼状靠背扶手椅的顶部，永远都在那儿，同样的摆设。"多么奇怪。"在一阵激情澎湃的交欢之后，我对他说（十一月中旬，冬季第一场暴风雪的夜晚）。

"奇怪？"

"我们还一直这样。"

"是啊。"

"就像我们一如既往地收拾花园。"

"还有付账单。"

"汤姆，你会忘记吗？告诉我。你能忘记她吗？"

停顿，然后——"我觉得不会。不会完全忘记。绝对不会。你会吗？"（我真是爱他，我问他问题时，他会反问我。）

"不会。"

过后我们一定是睡着了。（情况就是这样：我们有着规律的性生活，大部分时候我们都能睡着。作为一对伤心的父母，我们似乎有点粗心大意，可同时这也让我们的生活——就表面来看——能够得以继续。）

现在的文化中有很多因素都让我愤慨，特别是人们想也不想就声称有"信仰"。不过我会永远感激和汤姆一起走过的那段乱糟糟的、思想解放的美好时光——70年代。"年轻胜过天堂。"老华兹华斯吟道。我们就拥有那样的天堂，至少也是尝到了天堂的滋味，真正的天堂。我们见面的第一个晚上就发生了关系，我和汤姆当时是学生，我们并肩而坐，在多伦多市中心内森·菲利普斯广场上参加一个人权集会。我们开始聊天，然后沿着市中心的街道散步，再后来我们来到汤姆位于达文波特街的公寓。他的棕色沙发上放着几个气味难闻的灯芯绒靠垫，每个的正中央都有一颗又大又硬的扣子。我没有给家里打电话，也没有给宿舍打电话。这是一个令我感到与现实生活似乎有点脱节的时期，我就这样，躺在一个刚刚认识的人身边。两个陌生的人在一个拯救地球的时代紧紧抱在一起。从多伦多市中心去往公寓的路上，汤姆的手一直放在我的针织衫里。我当时在吃避孕药，没什么需要商讨的，没有什么能够阻止我们，就像飞行一样。我记得，事后我端详着他的脸，极力想看清这激情带给我的是什么。有一会儿我忍不住悲叹：我的人生里再不会有，也不可能有另一件事情能与之相比，即使再活一百年也不会有，不可能有。

我们的生活并不是"自然而然地"到来的；我们努力地激发自己去创造，去适应。那时是春天，我"恋爱了"。不过我继续着我的学业——那时我在学古法兰克语——在研究那些奇特的元音和含糊不清的辅音。我把生活中的很大一部分都转移到这个叫汤姆·温特斯的人身上。60 年代流行的是"杜沃普"[1]，但 70 年代强调的是家，建立一个新家，建立一个属于你自己的家，衣服选择温暖的大地色，回归大自然，将自己扎进生活之中。那时人们又开始生孩子了。

我在不同的时间跟我的每一个女儿都谈到过避孕。诺拉十七岁的时候把手放在我手腕上笑着对我说：已经知道了。克里丝汀笑笑，然后神秘地说：好的，好的，明白了。娜塔莉——就在一年前，她十四岁——下巴向里收起，说：别——担——心，到时候我会处理。

不过我倒是该认真考虑一下艾丽西娅和罗曼的性生活。这一次我得大胆点。《我的百里香出苗了》这本书充满了一种令人敬畏的少女般的优雅，这种过分的拘谨和 21 世纪的性毫无关系。罗曼和艾丽西娅在一起睡觉，他们甜美地融化在彼此的怀抱中。对，就在他们第一次约会时，他们躺在床上，试图进行一种飘然的交流。没有笨手笨脚地找避孕套——不管是他的还是她的，没有愧疚感，没有精算师般的计算，没有什么用横梁和绳索辅助的体位。只有两个人的身体，肌肤、骨骼、褶皱、影子，就像音阶一样起伏哼鸣，干净利索，如歌如唱，意乱情迷，古怪好笑——却缺乏性生活中真正的甜蜜和滋润。你会发现这些都不费什么。你几乎听不到艾丽西娅和罗曼的呼吸。他们的亲吻像用水和肥皂擦洗过一般。容易得到。得体合宜！精心准备要狂欢一番，却做不到。电流强度是够的，艾丽西娅和罗曼也愿意。也许他们缺乏成功的性爱所需的忘我状态，缺乏，而后又因缺乏而退却。

其他作家知道怎样描写生动的性爱场面。他们按顺序进行，先

---

1 英文为 doo-wop。20 世纪 40 年代发源于美国大城市非洲裔社区的一种音乐类型。

是懒懒地脱衣服，和着辛纳屈[1]的老唱片慢慢起舞，然后轻咬、抚摸、舔吮、嗅闻、浅尝，大声地要求，尖叫地求饶，就这样，就这样，然后，最终，"他进入她的身体"。好啊，请进吧，亲爱的人儿，别拘束。

我有三个女儿，自然会尽量避免我写出的东西令她们尴尬。如果我鼓起勇气去写有关性虐的皮鞭和皮衣，或类似的东西，奥兰治镇的人一定会瞪着汤姆看。出于怀疑，他的病人可能会悄然离开去找其他医生——反正如果是我就肯定会。而且我也不大了解这些古怪癖好。我的想象力好像也不会朝那个方向发展。

哎，放松，温特斯女士。

床笫之言饱受摧残，这是个问题。我们都是从电影中学到的，电影创造了这些对话。和我好吧，来要了我吧，制服我吧。我快了……咋样？

我不会，我不会。我会感到厌恶，不是对性爱，是对那些性爱词汇。而且，轻喜剧小说不会按步骤地展示乳头、阴茎、外阴、阴蒂、肛门。艾丽西娅是个敏感的女人，她了解自己的身体，但却不会去考虑她的阴毛这样的话题。阴毛在这种体裁里不合宜。按照设定，罗曼是床上的主力；毕竟他是长号手，知道插入，知道三吐法和唇形。艾丽西娅和罗曼都愿意，他们也都渴望。可笑的字眼，渴望。你渴望什么？删除。

可是他们就像需要激情一样需要温存，他们需要柔软甜蜜的触

---

1 法兰克·辛纳屈（1915—1998），著名美国歌手，被认为是 20 世纪最优秀的流行歌手之一。

摸。他们渴盼——这一点我无法让我的文字处理器接受——能够喜欢对方，能够宽厚慷慨，能够温和仁慈。渴盼在彼此的眼中，即使不加修饰也依然迷人。

现在，十一月的一天，我窗外的树木被寒风吹得东倒西歪，光秃秃的树枝摇来晃去。我将电脑关闭歇了工，不想在这个时候——五点，但已擦黑——把他们没有能力定义的东西给予他们。

于 是

现在每月的月初，我都会在汤姆的书桌前坐下，给多伦多的希望青年旅馆写一张支票。我一边将支票折好放进信封里，封好并写上巴瑟斯特街的一个地址，一边掉几滴眼泪。贴邮票的时候我还在哭，往信箱那儿走的时候还在哭。这眼泪是为感谢至善的多伦多圣公会而流的，他们在几年前将一所学校改成了流浪者救助站。这样的美善从何而来？我想一定召开过许多的委员会会议，召集志愿者，组建一个正式的理事会，举办募捐晚宴，与市议会和周边居民据理力争——总之要应对与公益项目相关的所有不可避免的案头工作和官僚作风。但是这美善——为一些素不相识的人提供食物和住宿，究竟是从哪里起始的？这美善的起源是什么？

学习基督的榜样，圣公会团体可能会这么说，可是我却怀疑在这样全球化的时代，答案恐怕并非如此。出于社会责任倒是更有可能，但就连这样的说法实际上也只是用一个好听的词去定义从那些男男女女的血液中流淌出的强大美德，他们的努力未必能得到多少回报，甚至不会得到认可。弗朗西丝·奎因——希望青年旅馆的经理——是有工资的，但是清扫和擦拭宿舍的却是那些出入办公室，在专门的商业机构工作，住在多伦多的森林山、玫瑰谷或是辖区[1]那些百万豪宅之中的人。这些人，这些教会连祷文的吟诵者，也负责洗衣服、擦窗户、清理大小便和呕吐污物，还在地下室巨大的厨房里做几百份鸡肉馅饼。

一发现诺拉是在希望青年旅馆过夜，我们——我和汤姆，还有克里丝汀和娜塔莉——就去看了看那个地方。我们提前打了电话。那是在去年五月初，一个星期六的下午。一整个星期大雨连连，我们到市中心的时候，有两个人正蹲在二层的房顶上修补一个窟窿。里面，弗朗西丝·奎因正忙着打电话，不过她向一个五十来岁的男性志愿者招手示意，要他带着我们参观一下。他领着我们参观，完全没有显示出默然无声的敬虔。旅馆的一层有祈祷室和一间能容纳二十个人的女生宿舍，一排被褥叠得整整齐齐的折叠床，靠墙的可锁存物柜，一间公用浴室。诺拉就住在这儿，我自言自语道，她就住在这个房间。每张床的床头都整齐地叠放着一块毛巾。房间整洁干净，阳光从窗户照射进来，可以看到有尘埃在飘动，那是一种无法消除的尘埃。未铺地毯的木地板踩上去吱吱作响。楼上有一间男生宿舍，住了四十个人。地

1　森林山（Forest Hill）和辖区（Annex）都是多伦多的富裕住宅区。玫瑰谷（Rosedale）见前注。

下室有餐厅和厨房，厨房里有四个女人正围着一个商用厨房钢木台子，一起商量着列一个单子。她们看上去精力充沛、朴实无华、和蔼友好，每个人都穿着黑色烧烤围裙，上面印有"希望"的字样。其中一个女性告诉我们，捐赠的食物会运到后门，今天她们收到一箱罐装西红柿。捐赠品总是受欢迎的，许多的食物捐赠来自市中心的酒店和饭店。不过这些捐赠品总是在最后一刻才会送到，所以需要在下午四点后接管厨房的志愿者厨师发挥创意。房间的角落里散发着土豆和霉菌的味道，不过所有的台面都擦拭得干干净净。空气中有一股洗涤剂或是什么更强效的东西的味道。这些女性谈到她们每天要花很多时间想办法使存放了一整天的面包变得新鲜——她们有很多的技巧——不知为什么，如何使面包变新鲜这个话题让她们发出一阵阵窃笑。她们指着餐厅里新近安装的巨大电视屏幕，那是市里一个重要的地产中介赠送的礼物。青年旅馆晚上六点开放，冬季是五点。晚上十一点熄灯。早晨在提供了一顿热乎乎的早餐后，每个人都要在八点半前离开。禁止酒和毒品，当然了，总有人会不遵守规定。楼上有个女人边弹钢琴边欢快地唱道："问你是否劳倦忧愁，是否苦难堪？"这句她重复了好几次，练习，停下来，又重新开始。这时克里丝汀像个小姑娘一样将她的手放在我的手里。

　　参观完后，我们走回到我们停车的地方上了车。雨还在下，坐在后排的两个女儿一言不发。我也不忍扭头看她们。汤姆坐在驾驶座位上，系上了安全带，但并没有马上发动汽车。我们坐在那里，看着雨顺着挡风玻璃往下流。我们看着那又长又窄的街道，两侧的房子前院非常小，蓝色的物品回收箱摆在院子里。树上刚刚长出新芽，那是我非常喜欢的朦胧的浅绿。我将指尖轻轻放在汤姆的膝上。他突然激动起来，用手捂住了脸。坐在后面的娜塔莉开始哭起来，然后我们都哭了。

虽　然

虽然生活中发生了这些事，我还是一直在写我的小说。总有这样那样的决定要做。艾丽西娅是养了只狗呢，还是猫呢，还是什么也没养呢？我最后决定给她安排一只名叫"栗子"的猫，这是一只老猫，一只眼睛是瞎的。不过艾丽西娅不是那种特别爱猫的人；她对栗子的照顾并不用心，栗子也心知肚明。

斯克里巴诺先生的秘书给我打电话，口气很认真地告诉我他们盼望着看到我的书稿，说斯克里巴诺先生还指望我的书为明年的出版增色添彩呢。他们希望能够在明年春季的目录中预告一下我的书，只需要书名和内容概要，她称之为"预热"。她还说无须担心斯克里巴诺先生的去世会影响这样一家历史悠久的著名出版社。他们很快就会指定一名新的编辑，她还答应我如有新的情况将随时告知。

我们仍然继续收听新闻。我和汤姆会对新闻发表自己的见解，尽管我们知道政治事件的发展无关紧要。人们来到或离开这个世界——
这才是真正的新闻。其他的不过是残屑而已，残留在眼角纹或嘴角纹
里的碎屑。美国总统大选的结果令所有人都困惑不解。在那个喧闹不
已的国家，总统人选的决定权实际掌握在佛罗里达州的两百人手中。
两百人，如果每个人紧挨着，奥兰治镇的公共图书馆完全装得下。怎
么会这样呢？那令人骄傲的、拥有悠久历史的美国宪法及其广受认可
的制约和平衡体系哪里去了？珍妮特·雷诺[1]在电视里说什么每一张
选票都非常重要，这证明民主制度是发挥了作用。但是且慢，雷诺女
士，民主没有发挥作用啊。民主只是谈资而已，看看人们议论纷纷的
孔屑和粘连孔屑的情况。娜塔莉在词典上查了"孔屑"这个词，对
啊，词典上确实有这个词，一直都有。克里丝汀说这个词在拼字游戏
中可是个好词，因为人们不熟悉。

她们俩都在为考试做准备。不能因为姐姐过着流浪的生活她们就
连考试也不考了。法语、历史、数学、语言。这一切可真够受的：考
试的时间已定；乔治·W.布什赢得美国大选；斯克里巴诺先生摔下
楼梯；人们在为圣诞节假期订机票；丹妮尔·韦斯特曼指责我对斯克
里巴诺先生的去世不够悲伤；晚餐吃完羊肉土豆派和菠菜沙拉后，我
一边冷静地擦拭厨房的台面，一边构思艾丽西娅应该怎么跟罗曼说取

1　珍妮特·雷诺在2000年美国总统大选时任美国司法部长。这次总统大选被称为美
国历史上最具争议的一次大选。共和党候选人乔治·W.布什和民主党候选人艾尔·戈
尔的得票结果异常接近，因此引发了长久的争议和诉讼。最主要的争执焦点是佛罗里
达州的选举结果，由于该州选票设计的问题（使用打卡机投票，而打卡机打孔时出现
了孔屑仍然粘连在卡片上的情况，即文中提到的"粘连孔屑"），出现很多废票和错
投票。

消婚礼的事；我注意到外面正在下雪，雪正在我们房子的北侧积聚，堆起一堵堵厚厚的浮雕墙；汤姆拿着今天刚收到的一本关于三叶虫的书，在他最喜欢的椅子上坐下来。风在不停地刮呀刮。我还是我，尽管这个简单的代词越来越难以镇定自若地说出口。

自始至终

开始的时候我们以为诺拉的问题是因男朋友而起。本·阿博特其实还是个孩子，他长着一张孩子气的脸，身材瘦高。我猜这正是最初让诺拉着迷之处。他有着薄薄的肩膀和细瘦的脖子，显得稚气未脱；下身穿着牛仔裤，上身肋骨很明显，几乎没什么肉。要是他有一种气质的话，那这种气质应该充满了祝福。到三十来岁时他会拥有柔韧性感的身段，不过现在的他敏捷而果敢，似乎并不介意受到自己身体的搅扰，反而把这种不协调当成青春赠礼的一部分。我从来没见过他轻松自如地靠在椅背上。他坐在椅子的边缘处，眼神警觉，嘴巴微微张着，那是一个男孩子敏锐渴求时的样子。

童年在我们这个年代都延长了，你不可能指望一个二十三岁的孩子做出英勇的举动。他还是个学生，每个月还需要居住在萨德伯里[1]

1　加拿大安大略省东南部城市。

的父母给他寄支票，仍然住在凌乱的学生公寓里。他的哲学成绩优异。虽然繁重的工作即将来临，但他好像对工作的真相并不了解，为了推迟工作，还准备去读博士，甚至去做博士后。

他和诺拉是在一次朋友聚会上认识的，那时诺拉刚满十八岁，他立刻被诺拉吸引。诺拉聪明、漂亮，而且引人注目。你只要看她一眼就知道，她是一个幸运之人。幸运之人的生活是这样的：他们有一个充满爱的家庭，受过良好的教育，懂得感恩，没被宠坏，能够以更高的视角评判自我，所以他们能够避免神经衰弱，专注于读书、骑马、打篮球、弹钢琴，甚至烹饪。幸运之人无须培养精明之道。明智和平衡是他们的自然属性。最后当他们遇到性生活时，他们立刻就明白这是一种赐予，一件珍贵的礼物，所以他们接受了，当作是对身体的一种嫁接。

本和诺拉见了两三次后就难舍难分了。

诺拉失踪后，在那个令人担惊受怕的四月，也就是我们发现她每天待在巴瑟斯特街和布卢尔街的交叉路口以后，我去找过本。汤姆和我当时特别担心，觉得去向本了解情况最合乎情理。我没有预先打电话通知，径直开车去了多伦多，把车停在一条小路上，然后按响了他的地下室公寓的门铃。

一个二十三岁的年轻人怎么可能在下午三点的时候在家呢？不太可能，但他却在家。他来到门口，蓬头垢面的，好像刚刚起床。我们既没有握手也没有拥抱。我们互相看着对方。然后他不自然地侧身，向我示意：请进，请进。

屋子里光线昏暗，只有一点自然光从一扇与街面齐平的小窗里透进来。屋子看不出年代，说不定从我们这一代人起就是学生公寓了。地上是划破的塑料地板革，破旧的绳绒地毯，墙上贴着各种海报，一摞摞的书籍和纸张，飞扬的灰尘。他在一张从救世军[1]二手店买的软塌塌的旧沙发上坐下，胳膊肘支在膝上，手指尖合拢，指甲修剪得齐整的手指让我联想到肉欲，就在这第一次见面时，真是奇怪。

我发现我对本多少有些不认同，很想对他那所谓的美好爱情泼一盆冷水，但转念一想：他还年轻，他也经历了失落；他有个他或许爱或许不爱的女朋友，她离他而去，住到了街上。他们对彼此投入感情有一年了——彼此吸引，彼此幻想。这些都是牢骚满腹的老年人才有的想法，不适用于一个渴望满足而且相信自己会应有所得的年轻人。他带着年轻人的好奇和感恩靠近爱情，却发现爱情突然离他而去。

"她变了，"他说，"就在几周的时间里她变了。那是在一月末，还有二月、三月的时候。她变得容易发火，然后就一言不发。不知为什么她特别讨厌她的教授汉密尔顿先生。我问她是不是那家伙干了什么，是不是他骚扰了她，但她大发雷霆，认为我不应该这样想，不该把它和性扯上关系。后来她就常常用凌厉的眼神久久地盯着我。是那种审视的眼神。就好像她突然发现我很卑鄙之类的。后来她就走了。那是上星期的一个下午。我以为她只是去了奥内斯特·艾德百货商店，但她再也没有回来。她的大部分东西还在这里。三月份以前她就不去上课了，只在公寓里看看书或者发呆。她走了以后我本想给你

1　救世军（Salvation Army）：一个国际性的慈善机构，总部设在英国伦敦。其商店接受人们捐赠的旧衣物，再以较低的价格出售。加拿大很多城市都有这样的商店，是人们购买便宜衣物的地方。

们打电话，但我以为她回家了，和你们在一起。她在思考美善和邪恶的问题，思考人类对地球造成的伤害，以及一些类似的东西。后来，就是一两天前，我认识的一个女孩说她看见诺拉在巴瑟斯特街和布卢尔街的十字路口那儿乞讨。我简直无法相信。我跑去一看，她果然坐在街边，举着那个牌子。我走到她跟前说：'你这是在干什么啊，诺拉，这是怎么回事？'"

　　我看到他向后靠到破旧的沙发靠垫上，失去控制地哭了起来。他哭了好一会儿，情真意切，我永远都不会忘记。眼泪顺着他的面颊流下来，他并不去擦拭。他的双手摊开放在被牛仔裤包裹的大腿上。我很想伸手去抚摸一下他的手，可是我不能，我也没有。我知道不是他的错，这可怜的年轻人，可是我的心没有软下来，反而更硬了。我感觉到责怪的冲动在积聚。我就坐在那儿，看着他哭。我感觉到希望破灭，压得我透不过气来。现在我知道真相了。我什么也做不了，我救不了诺拉。

随 后

　　我小说的女主人公艾丽西娅多大年纪？这很关键。她住在大都市威彻伍德。她是一家时尚杂志社的编辑。她与三十八岁的罗曼订了婚，即将在几周后举行婚礼。这是她的第二次婚姻，她还曾短暂地和两个情人先后同居过。我想让她如先前一般，严肃而聪颖，同时还要足够年轻，足以引发激情。她活跃但不骄横，她头脑清醒，已经明白了宇宙其实极其贫乏。在两年前的第一本小说中，她是三十四岁，所以现在我把她安排成三十六岁。离四十岁已经不远了，她对这一点非常清楚，但并不惧怕。也许她花了太多的钱来买高档护肤用品，尽管她也知道这些东西不过是美容行业设的骗局。她性情中有神秘主义的倾向，不过她并不知道这一点，现在还不知道。

　　她要自己讲她的故事吗？也就是说，是用第一人称叙事吗？是的。因为《我的百里香出苗了》使用了第一人称，在这些方面，续集

167

必须与之保持一致。她的声音听起来具有讽刺和取笑的意味，并不连贯，却起伏有致，令人感到亲密。对于自己脱离大众文化主流这一点，她丝毫不感到难为情。如果她绊了一跤，擦伤了膝盖，她可能会说"妈的"，但不会在形容某人或某物时用到"他妈的"——任何情况下都不会。这是她的细腻之处在词汇上的体现。有的人会把这说成是谨小慎微。她对音乐有一定兴趣，会弹一点钢琴，曾经在长笛演奏方面颇有造诣。她拿的是哥伦比亚大学新闻学的学位。平均分数是A-。（如果少爱点男人，她的分数还可以更好。）她穿披肩式的衣服，宽松、线条流畅的上衣，垂款长裙，厚重的绸缎，精巧的银质首饰，合宜的耳饰。

她不会是美艳动人、身形完美的那种类型，这一点在第一部小说中就表明了。"轻"小说的文学类别就排除了身形完美这一元素。我们不能使用姣好的外貌来装点自己笔下的男女人物。而浪漫小说则可以让几十个美女充斥整个故事，文学小说允许一个女主角拥有非同一般的美貌，但只能有一个。轻小说由于更接近真实生活，所以更懂得现实情况。小说中必须有一些不完美的因素，通常是鼻子有点长或是下巴有点小。倒是不必把缺点夸大成巨大的臀部或是男人般壮硕的肩膀，更不能是一只眼大一只眼小，但女人的胸围过小或者过大是可以的。我把艾丽西娅写得比较漂亮，但传达这个印象时并没有用很多细节。

她信上帝吗？尽管她成长的过程中有长老会的影响，但她不信上帝。上帝和他的儿子耶稣都是比喻，也许代表了创造和更新。对这一点的确信无疑在她二十来岁和父母一起坐在教会的长椅上诵读《尼西亚信经》时，像一颗子弹形的白镴弹丸一般射入了她的心里。她几乎从未提过这件事，在她的生活中信与不信的问题并不重要——她和罗曼还没有真正触及这个话题。他们没有触及的事情还有很多，她都有点担心了。

她想有自己的孩子吗？是的，非常迫切。但同时又很不具体。她愿意解开衬衫，将自己的乳房送到婴儿张开的嘴里吗？不，她好像还没有想那么远。小女孩很可爱，小男孩也行。没有太大关系。她觉得在家里休息一阵以后，大概六个月，她会继续在杂志社工作。她刚刚开始了一个关于衣物配饰的系列文章，每月刊发一次。她现在正在研究女款手包的历史。很有意思，真的。这一切都起源于中世纪城堡，在城堡里到处走动的管家需要一个为女主人挂钥匙和家务账目的东西。在圣母马利亚的画像中确实常常能看到她椅子旁边的地上放着一个小钱袋，不过这很可能是一个与年代不相符的错误。昨天他们在莫里斯餐厅，吃着牛排和炸薯条，喝着一瓶上等红葡萄酒的时候，艾丽西娅这样告诉罗曼。

"一个什么？"他茫然地问道。他根本就没有听她说话。她狠狠地瞪了他一眼。

"没事。"她不悦地说。然后她伸出手抚摸了一下他的手。罗曼是一个乐团的长号手（我给自己备注道：应该了解更多关于长号的信息）；第一本书里我对罗曼的职业交代得有些不清不楚。他有时会抱怨艾丽西娅的写作世界狭隘且排他，可他忘记了他和那些音乐家同行组成的也是一个紧密排他的小圈子。

我意识到我自己也处于排他的领域，一个女作家写一个正在写作的女作家。我很清楚我应该去写牙医、公交车司机、修甲师，以及那些为八车道高速公路设计排水设施的人。但是，我不愿意。我注重的是挖掘作家的激情，或者用弗朗西丝·康福德[1]的话说，更愿意专注于"漫长而细小"的生活——在空白的大纸上粘贴一些小词的生活。我们也可以装模作样，但是对许多作家而言，这是我们所能想到的最富饶的领土。也有一些小说家努力给他们的主人公披上宽松、交叠的衣服，将他们变成画家或者建筑师，可是任谁都能一眼识破。通过笔尖重塑一个站不住脚的世界，这一点很重要，非常重要。为此我会一直写作，永不停歇。

---

[1] 弗朗西丝·康福德（Frances Cornford，1886—1960），英国诗人，"进化论"的创立者查尔斯·达尔文的孙女。

几乎没有

倒不是说我用笔写作。现在我认识的人里也没有谁用笔写作。只是想到钢笔和墨水的时候会有一丝浪漫的感觉。它们见证了作家最根本的独立与自由，虽然并不正确。大家都还没有准备好放弃笔和纸所代表的象征意义。十一月的一天清晨，当我正在思量这些的时候，厨房里的电话响了。

"劳驾，我想找莉塔·温特斯太太。"一个男人用洪亮的声音说。

"我就是莉塔·温特斯太太。"我左手拿着电话，右手从洗碗机里往外取洗好的碗盘。

"你是不是不太方便？"那边问道，"你不会是正在吃早餐吧？"

"没有，"我一边说一边停手不再取那些瓷器，"我很方便。"

"我打电话就是想介绍一下自己，"那边抑扬顿挫的男中音说道，"我是斯克里巴诺－劳伦斯出版社的，名字叫阿瑟·斯普灵格，温特斯太太。能成为你的新编辑我感到无比荣幸。"

"噢，"我说，心里非常高兴，这种职业性的礼貌真是感人，"感谢你打电话介绍自己，斯普灵格先生。"

"既然我们已经认识了，你不妨叫我阿瑟。"

"好啊，那你得叫我——"

"莉塔。我很乐意，莉塔。我很高兴你愿意我们以名字称呼彼此。这可以让我们的合作有一个良好的开端。坦率地说，我知道我取代不了伟大的斯克里巴诺先生。"

"真是不幸——"

"你知道吗，莉塔，我们的斯克里巴诺先生对你正在写的第二本小说，《我的百里香出苗了》的续集，非常期待。就在他摔倒前几天，他亲口对我这么说过。"

"是吗？他总是那么周到，给人以鼓励——"

"我对他的为人以及在编辑岗位上做的贡献，都怀以无限的敬意。我自去年初开始在这家出版社工作，有幸从他那里学了很多东西。当然我们是两代人，有不同的想法。我自己的方法是注重对话。我最先是在耶鲁大学上学，后来去了加州大学伯克利分校。"

"哦，是——"

"莉塔，你能否告诉我你什么时候会来纽约呢？"

"实际上——"

"我觉得我们有必要坐下来，把手稿一起过一遍。编辑稿件的时候，我的习惯是一点一点去看。而且，和我的同龄人不同，我不太看好通过电子邮件或者电话进行联络。"

172

"但是，其实还没有手稿。"我又开始从洗碗机里往外取碗盘，不过现在是悄悄地，一个一个地拿出来，将它们轻轻地放到碗架上。"就是说，书稿是会有的，但会很慢。"

"完成了多少呢？"

"对不起，我不太——"

"莉塔，你写了有一半了吗？还是四分之三？还是？"

"哦，我不太清楚。不过不管怎么样，我恐怕去不了纽约，最近去不了。"

"行啊，行啊。那就把你现在写好的部分寄给我。"

"可是，我觉得这也做不到。你也知道，写在纸上的——实际是写在软盘上的，还很粗糙——"

"嗯，莉塔，你放心吧，我懂得初稿就是初稿。这是一个小说编辑最起码的认知。"

"我不明白怎么能——"

"这样，莉塔，我把我们的快递编号给你。你方便找一支铅笔记下来吗？你需要做的就是把手稿打印出来，然后打包好。我会打电话安排人取走。今天下午晚些时候行不行？我们希望秋天出版，也就是说流程会进行得很快。你会发现我是一个有眼力的编辑。我愿意让每一位作家充分发挥出自己的优势。你读过《萌芽》吗？是我的一位作家写的。"

"《萌芽》？"

"我马上给你快递一本。"

"噢，那可真是——"

"莉塔，挂电话之前，我只想说一件事。我喜欢艾丽西娅。你创作的艾丽西娅。我想告诉你我非常喜欢她。她爱思考的特性深深吸引了我。我已经读过好几遍《我的百里香出苗了》，每读一次我对她的爱就加深一些。她具有非常美好的特质。她就像是一片美丽的秋叶，令其他的叶子都黯然失色。我一直在想你的艾丽西娅究竟是什么地方吸引了我。不是她的性感，倒不是说她在那方面有所欠缺，完全没有。是她静静地坐在椅子上的样子，仅仅是坐着就很迷人。她的大度，也是原因之一。还有她的容忍。但是真正让我想要将她揽进怀中的是她的美善。"

　　"抱歉。我没听清你刚说的。斯普灵格先生，阿瑟。你是说——？"

　　"她的美善。她深刻的人性美。"

　　"噢，美善。"

　　"对，美善。"

　　"刚才我没听错。"

自 从

"想办法把她绑走，"当诺拉出现在巴瑟斯特街和布卢尔街的十字路口时，有人这样说，"然后请专业人员清除她脑子里的毒素。"

萨莉说："让警察带走她，询问一番。他们见过很多这种情形，知道如何应付。"

其他朋友——琳、安妮特——说："用点武力。如果你和汤姆逼着她上车，直接带回家，这种震惊会让她清醒。如果想让她从这种执迷不悟中清醒过来，只能这样。"事实上有一天我这样试过：我把车停在巴瑟斯特街上尽可能靠近诺拉的地方，其实在这地方停车是违章的。我下了车，抓住她的手。她拼命地尖叫起来，使劲从我手中挣脱出去。我感到她的手套脱落了。她就像是个燃烧的物体，一块火热的煤炭。人们聚集过来，我很快上了车——原谅我吧，诺拉，原谅我吧——然后开走了。

希望青年旅馆的弗朗西丝·奎因告诉我们："目前她身体健康状况良好。她好像头脑清醒，只是很坚决。我当然劝告过她，但她好像很清楚自己在做什么。她还不到二十岁，还年轻。我以前也见过这种固执的孩子，但最终他们都回心转意了。"

一个朋友——更准确地说，是一个相识——对我说："你们都在白忙活。这没什么大不了的，不过是一个孩子离开家在街上待一段时间。又不是没发生过。"

我们咨询过的精神科医生大卫·麦卡鲁尔博士建议我们不要干预。"她的行为表明她在给予自己某种东西，也可以说是一件关于自由的礼物，一种逃避自己生活的权利。你们也许不这么想，但她做了一些必要的安排让自己活着。流浪既可以是经过深思熟虑的，也可以是草率行事。她选择的是前者。而且她很聪明。这种聪明能帮她度过这场危机。我说的是危机，但实际上我不应该用这个词。这实质上是一种行为上的过渡期，在这个过程中她要么是在逃避某种难以忍受的事情，要么是要去迎接某种难以用言语表达的东西。"

"你认为是哪一种？"

"哦，这个我难以回答。"

我们的女儿克里丝汀说："发生了什么？究竟发生了什么可怕的事情？总该有个事情才对。"

娜塔莉说："我不明白，我怎么都搞不明白，如果头脑正常的话她绝不会这样。"

我的婆婆洛伊丝说："我真受不了，这事不应该发生在诺拉身上，不应该是诺拉啊！"

薇洛·哈利迪说："我常听说街上乞讨的人都是骗子。他们挣好多钱，一天一两百加元。他们有些人有手机，我在多伦多就亲眼见过。"

我有没有说过我觉得诺拉朋友的母亲薇洛·哈利迪非常难以相处？薇洛是一个技艺高超的厨师，她对我说过很多次——我有点夸张，但只是一点点——她像别人读小说那样读烹饪书。"可是如果你读小说的话，也许就不会那么让人厌烦了？"我真想这样说，当然我没有说。

特蕾西·哈利迪是一个粗笨但讨人喜欢的女孩，从孩童时代起就是诺拉的朋友。特蕾西和另一个朋友长途跋涉去了巴瑟斯特街和布卢尔街的十字路口，把一大罐玻璃弹珠送给了诺拉。（娜塔莉和克里丝汀当时也在，她们后来把这件事告诉了我和汤姆。）特蕾西跪下，冲着诺拉大声解释说，每一个玻璃弹珠都代表一个星期六，如果诺拉活到八十岁，她就能够享受四千一百六十个星期六，多么惊人的数字。当然，诺拉已经快二十岁了，已经用掉了一些星期六的早晨，但还剩下三千六百多个星期六。她如果每个星期都拿出一个玻璃弹珠，就会看到她剩下的日子在慢慢减少，那她就会珍惜时间和自己的生命。

我努力想象特蕾西看着诺拉的样子，我知道她谁也没看见。一时间我成了诺拉。隐士诺拉，流浪者诺拉。想到特蕾西会怎么看我，我禁不住打了个寒战。

真正的诺拉并没有做出任何回应，她一整天都坐着，那罐玻璃弹珠放在她旁边，她晚上回青年旅馆时把玻璃弹珠留在了街上。第二天早上它们当然就不见了。我不知道我自己怎么看待这一做法。有人告诉我这种数玻璃弹珠的做法正在网上流行。人们上网闲逛是为了寻找消遣，却受到严酷真相的打击，或是美好生活的巨大鼓舞。这种数玻璃弹珠的做法究竟是体验时间的良方呢，还是无情地提醒我们，无论多么渴望，时间都不可能重复？

有时候我几个月都不见艾玛·埃伦，她现在在纽芬兰的圣约翰市当记者，可是只要和她在一起五分钟，我就会相信她是这个世界上我可以诉说一切的人。"诺拉还活着。"上星期她路过时对我说——我亲爱的艾玛，她的儿子二十二岁时死于过量吸食海洛因。"她四肢健全，没有自残，也没有剃光头发。她没有酗酒，大概也没有吸毒。她没有乱喊脏话或是向陌生人吐口水。你们做父母的清楚地知道她在哪儿，也知道她的日常生活状况。不要忘记你们和她在时空上依然是联结的。"

诺拉曾经选修过研究福楼拜的课，教授这门课程的汉密尔顿教授说："她是个优秀的学生，后来她不来上课了。那时离考试已经不远。3月28号，我差不多可以肯定她来上了3月28号的课。不过你们也知道，天气一转好，上课的学生就会减少。她一直很敏锐，而且爱思考。当然，我们有过一两次争执，你们也知道这个时代就是这样。福楼拜有可能真正懂得一个女人的生活是什么样的吗？同学们在这个问题上意见不一，每年都是这样。诺拉认为包法利夫人是被福楼拜简单理想化了的一个女人，而后又被简化成一种浪漫主义精神，她什么都做不了，只能鼓捣一些罗曼蒂克。你们女儿的观点，也是一种很合情理的观点：包法利夫人被迫成为小说的道德核心。当然其他人并不同意。"

汤姆虽然不说，但有时会暗示诺拉在操纵我们。由于某种缘故操纵我们或是惩罚我们。我拒绝接受这种说法。汤姆每星期五上午去多伦多大学参加他的三叶虫研讨会——他是小组中唯一的一个"非专业"人员，途中他会去看看诺拉。他已经放弃了和她交谈的念头。他专门带了一把折叠椅，和她一起坐上半个小时，把一个装有钱的信封塞给她。是现金不是支票。尽管诺拉坐的街角和对面都有银行，但她生活在一个没有支票、银行和签字的世界。难道汤姆是在点数 20 加元钞票的时候想到的：操纵？

一个老同学，杰玛·沃尔什，是联合基督教会的一个活跃成员。她写信告诉我诺拉的名字已经被加进了全安大略祷告名单。我回信表示了诚挚的感谢——是真心实意的感激。我都不知道自己心中会有这样至深的真诚。我原以为我们这一代人已经丢失了真诚——被 60 年代以后的幻灭感和消费观念取代了。

科林·格拉斯分居的妻子玛丽埃塔·格拉斯从卡尔加里写信过来，她引用诺里奇的朱利安[1]的话说："一切都会好的，一切都会好的，所有一切都会好的。"意思是说眼下的、随后的和将来的一切都会好的。

丹妮尔·韦斯特曼，带着她不屈的信念，坚持认为诺拉就是意识到了自己在世界上的无力无助，而且不知道该如何去应对。"颠覆社会只对少数人而言是可能的；对于无力无助的人而言，颠倒是更常见

1　诺里奇的朱利安（Julian of Norwich，约 1342—约 1416），英国历史上著名的神秘隐修者，生活在英国东部的诺里奇。

的策略，即从社会中退却，类似于紧张症。"（《活着》，1987年，第304页）。在我刚开始翻译这本书的时候，我不太相信这个说法，但现在我完全相信了。丹妮尔的假设已经进入我的身体，并且日渐强大。

只　有

亲爱的丹尼斯·福特－赫尔朋：

　　我最近刚刚读完您的书《美善的差距》，觉得很想把感想写下来。阅读和消化这本书花了我很长时间。（我不得不在公共图书馆续借了两次。）

　　按照您的理论，美善是一种解决问题的策略，对此我感到震惊，至少是震惊。根据我对您的正文和后记的理解，您认为道德困境就像路边咖啡馆的桌椅一样出现，在技术进步和生态系统衰败的刺激下加速增长。严肃的道德疑问的解决之法自然落在产生的问题之后，因此，就形成了"差距"。您的十四个章节列举了成功的和不成功的解决问题的事例。弥合这种差距需要迅速解决问题的决心、非常规的思维和综合的创新能力。您举的例子中所有解决问题的人都是男性，十四个全是。我查了索引，发现几乎没有提到女性。这一点本身就是一种道德困境，您难道不这样认为吗？

请听我说，请听我继续喋喋不休，就像——就像一个女人，絮叨着种种关于受迫害的妄想。正好我是个女人，而且有一个十九岁的、五月份就该二十岁的女儿。我的女儿陷入了麻烦，她与家庭和社会脱节了。我们并不知道诺拉的难处是什么，但我越来越相信她是在对一个拒绝她的世界做出回应——道德层面的回应，那是她唯一的方式。她看到的是一连串无止境的障碍，一扇扇锁着的门。可是美善正是她所寻求的：美善的本质是什么，我们怎样能够变得美好善良，美善又意味着什么。

我并不认为您在书中是故意要让人灰心。我觉得您只是忽略了那些通常被忽略的人，也就是世界上一半的人口。顺便说一句，您或许注意不到我在这封信中的语气，但我是在委婉地提出异议。您也许会觉得我是在歇斯底里，但是我没有。我甚至不是在抱怨，更没有跺我小小的女人脚。轻声细语更准确。我最不希望的就是心中充满受伤的感觉，这种感觉如此强烈，乃至我每天都要发泄一下怒气。发怒并不能起到教化的作用，它只是对永远无法进行的演出的一场排练。请想想我在这个困惑时刻那特有的情感世界。我相信您的哲学观点与我女儿的遁世，她对社会的放弃，有着必然的联系。也许您会觉得这只是一个无事生非的女人写的怪信而已，不值得回应。但您要懂得我是在努力保护诺拉，以及她的两个妹妹——克里丝汀和娜塔莉。她们想要的不过是做一个完整的人。您应该知道，在我写这些话的时候我的每根神经都在发抖。

你的，

莉塔·奥兰治德菲尔

除 非

　　"'美德就是表演',"星期三我和丹妮尔在她的阳光房里吃午饭时，我对她说，"一种表演形式。好像有人这样说过，但我记不得是谁了。"

　　"我想是叶芝。"她柔声说道，一边在椅子上伸了个懒腰。

　　"对，叶芝。"

　　她是一个有二十七个荣誉学位的女人，给世界写出的书足够排满一个书架。为了一个更加美好的、公正的新世界，她奉献了自己的思想，绘制了蓝图。

　　安大略省有一所中学是以她的名字命名的。在法国小城马孔有一个丹妮尔·韦斯特曼广场，是一片非常优美的公共空间，有椴树和鹅卵石小路。我和汤姆去年三月上旬在那儿散步时，感到像徜徉于无尽的春光里，就好像从我们身边走过的人们，那些家庭和老人，从来都不懂得人还会经历难以释怀的忧愁和缺憾，从来就没有缺少过徐徐投下的、于身体有益的温暖阳光。

暮年的丹妮尔也变得乖戾起来，甚至对我这位译者也不例外。她怀疑我为了写没有价值的小说而放弃了"对话"——这是她的惯常用词。想绕开这个话题的时候她会低垂着下巴，眼睛现出失望的神色。她很有说服力，我多半会同意她所说的：当这个不公正的世界号哭扭曲的时候，写小说能有什么意义呢？

小说有助于减少我们自己内在的"对话"，可是除非它能提供另一个有希望的行动方向，否则也只不过是一些乱七八糟的叙述。除非，除非。

除非是英语中一个令人紧张的词。它像个蛾子一样围着耳朵飞来飞去，你几乎听不到什么，但一切又都得依靠它呼吸声一般的存在。除非——那是你衣服口袋缝里的虚拟元素，它要么总在那儿，要么不在那儿。[如果你给 unless（除非）加一个大写的字母 S，就成了 Sunless，也就是 Sans Soleil[1]，克里斯·马克一部古怪的电影就叫这个名字。]

除非你运气好，除非你健康、有生育能力，除非你有人爱、衣食无忧，除非你清楚自己的性取向，除非别人有的你也有，否则你会在黑暗中沉沦，沉沦至绝望。除非给你提供了一扇活动门，一个通向光明的通道，它是不够的反面。除非使你免于沉没在既定趋势当中。具有讽刺意义的是，除非，这个最终可以把现实转换成新观念的手段，

---

1 Sans Soleil 是法语"没有太阳"的意思，和英语 Sunless 同义，同时也是法国作家、摄影师、纪录片导演及多媒体艺术家克里斯·马克（Chris Marker，1921—2012）的一部电影的名字。

却不能用法语表示。à moins que 分量不够，sauf 又太直白。除非是语言奇迹，也是概念奇迹——丹妮尔·韦斯特曼在她最新的一篇文章《心灵的阴影》中这样说道。它让我们焦虑，让我们狡诈，像大部分恐怖童话中会冒出的狼那样狡诈。但它也给予我们希望。

她已经八十五了，但对于运气好和运气不好这样的迷信说法仍然深信不疑。无论是好运气还是坏运气她都经历了很多。即使她在忙着改变这个世界，她仍然会像个老式的长老会教徒那样接受那好坏掺杂的命运。她的新书在各地销售得都不错，观点独到，分析有力，口碑甚佳。没有作者巡回推介活动，几乎没做任何广告，但反响依然如此热烈。我们今天一边吃烟熏三文鱼和调味煮蛋，一边谈论这些评论。哦，那么一大堆丰富多彩的评论。其中一条指出，行文之流畅像带了"魔力"——我喜欢这个说法；另一条则把丹妮尔誉为国宝——这种说法会令丹妮尔局促不安，但我倒认为这对她来说实至名归。后来我们又扯到另一个话题：在我们脑子里历史具有双重性，即真实的历史和可能的历史，我们应该尽力避免二者抬高或贬低对方。

她已经将早年的记忆从生活中抹去，或者说假装已经把它从生活中抹去。她的爸爸在马孔的邮局工作，妈妈在拉罗什－维纳斯的酒吧工作。他们在镇上的住所是阿勒玛尼街上一所房子里的三个房间。她不肯讲过去的日子（尽管她会毫不犹豫地推荐拉罗什作为旅游目的地）。她将早年受到压制的能量储存了起来，决定将其花到其他地方。这个决定一定是在某一天的某一刻做出的。"他们死了。"她说，指她的父母，或者指她的早年。然后又补充说："对我来说他们死了。"她的记忆是从她十八岁在巴黎时开始的。她那时已经通过了中学会考，登上一列火车，前往巴黎大学求学。这就是童年时期。神奇的是，人们对她这样简略的生活描述也没有深究，至少到目前还没有。

"你是如何承受这一切的？"我今天问她。我已经告诉她纽约那个编辑的情况，以及他是如何威吓我让我把未完成的书稿给他的。我已经告诉她我今天一大早去看诺拉，诺拉没有坐在人行道上，而是在地铁站出口和公交车站之间来来回回地踱步，两只手揣在上衣口袋里，脖子瑟缩着，那块写有"美善"的牌子用细绳歪斜地挂在脖子上。我已经告诉她上个星期六克里丝汀和娜塔莉决定不去多伦多看姐姐，她们漫不经心地说，天太冷了，而且奥兰治镇有一场排球锦标赛。最后我还告诉她我在读了《美善的差距》后感到极度失望，还奋笔疾书给那位顽固守旧的作者写了一封信。

"这封信你寄了吗？"

"嗯，没有。"

"噢！"

我向她解释说我有时不相信自己写的东西。对自己的感情和表达方式，对自己把握即将发生的灾难性情形的能力有点信不过。我经常在第二天再看一遍自己写的东西时摇头不止：那个写下这些文字，古怪又自怜的老妇是谁啊？那个可怜巴巴给陌生人写信的人是谁啊？上个星期在一个聚会上我被介绍给亚历山大（·桑迪）·沃克纳，我曾给他"写过"一封责备的信，结果却发现他谦虚、礼貌，而且很友好。

那么，那个胡言乱语，幻想女性遭受排挤，又将这一切幻想加到她女儿头上的疯女人是谁呢？我没告诉丹妮尔，也不想把这些话写下来。清扫床下时我会一句一句地"想"我的信，在脑子里构思。那样能让我保持清醒。可是我需要知道并不只是我一个人有那些想法。这段时间以来，这种令人难过的缺憾一直驻扎在我的心里，但我又不敢说出这个字眼。我还不想暴露自己。

丹妮尔真的懂了吗？我以为她懂了，但现在我又不确定了。

她优雅地耸了耸肩膀。瘦削的肩膀，很窄，穿着一件蓝色的羊毛背心，应该换件新的了。一只银镯子戴在手腕上，看起来就像陈旧的蜡做的一样；三枚戒指松松地戴在瘦骨嶙峋的手指上；指甲长长的，修剪得很漂亮，染成了鲜红色。她怎么能承受这一切呢？她所写下的文字，她内心埋藏的那些岁月。她的那些书意味着什么？这些书对这个世界有什么影响？

你怎么承受这一切？我在等待答案。可是不会很快得到答案。告诉我，告诉我，给我一个答案。给我一个精妙、切实的答案，就像我们房子后边的果园那样，给我一些令人鼓舞的东西。她又耸了一下肩膀。那一刹那我把这个耸肩的动作理解成了让步。但并不对。令我惊讶的是，她突然开朗地笑起来，露出像瓷砖一样发亮的义齿。然后她举起茶杯，慢慢地在空中画了一个优雅的弧形，向我致敬。

接 近

　　十二月的一天早晨，我和汤姆手拉着手去奥兰治镇的墓地散步。天知道我们在寻找什么。不过并没有什么关系，我们在这里，一起在这里，边散步边聊天。寒冷的天气与我们暂别，一行行整齐、陈旧的石灰岩墓碑顶上撒落着阳光，上面融化的雪闪闪发亮。我们穿着薄外套和雨靴。一排排石碑轻语着：请保持安静。星期天下午我们常到这里来散步，不是出于某种病态的原因，只是想找一个安静的地方。这里除了我们一般不会有其他人。很多年前，人们会定期来墓地，整理墓冢，献花纪念，问候躺在地下的人，就好像他们相信那些死了的人还在，而且近若咫尺，渴望进行一段人与人之间的交流似的。奥兰治镇的墓地，在最为炎热的夏日也会因为石碑的缘故变得凉快。这里草坪修剪得当，碑文古怪，因而远近知名。这儿有各种遗俗遗迹、流行风尚以及迎接死亡的感伤，令人回忆起一生中最为多彩的时光，也是充满泪水和痛苦往昔的神圣之所。这儿有一个真人大小的花岗岩婴孩雕像，婴孩跷腿而卧，朝云层咯咯笑着，人们在看到时总会惊叹。"我们的小杰克，"碑上写着，"去了极乐世界。"这个花岗岩婴孩雕像总会令我的女儿们感动落泪。她们小时候和我一起在墓地散步时总是坚持要去看小杰克，抚摸他那长着卷曲头发的头，尽情享受流眼泪的滋味。真是悲剧。一个可爱的孩子，被从父母的怀里夺走了。这就是记忆断裂破碎之处，取而代之的是一个定格的小天使，永远开心地手舞足蹈。

在另一块巨大醒目但难看的石碑上刻着"玛丽·勒兰，1863—1921"，下面是一句简单的碑文："她悉心地照料她的鸡。"

这句没头没脑的碑文反而让人们着迷。石匠本来要刻的一定是孩子，而不是鸡[1]。有些人是这么认为的，凿子可能轻轻滑了一下，就刻成了错误的信息。可是也许玛丽·勒兰没有孩子；也许她真的只有家禽可以照料，所以只能以此来表彰她的爱心。也许是受到妻子冷落的丈夫心生怨恨，所以在墓碑上讥讽她吧。近来，我一直在努力将思想的重心放在无限的时空中，而非特定的事物之上。这需要意志力。我将思绪从玛丽·勒兰的鸡上引开，转而去留意那一排排隆起的遗迹，歪歪斜斜的花岗岩，一共占地三英亩——死了这么多的人啊。

有些人一生都居无定所。他们需要的仅仅是一个住处，他们拒绝与任何一个社区或是房子联系在一起。可是汤姆和他们不一样。他非常看重家这个概念。我从一开始——我们第一次见面的时候——就知

---

1 英语中"孩子"的复数形式是 children，"鸡"是 chicken，拼写接近。

道这一点，只是那时我不会表达这个想法。

　　夫妻结婚时间长了就会融入彼此，成为一体，这话并不对。我摸着汤姆的肘部，他黄褐色外套的袖子；他用长长的胳膊搂住我，用双手温存地托住我的胸部。我们就像快照中的两个人，但稍微剪裁一下，就可以各自独立存在。不过我们并不希望那样。把相框对准了，把我们两个放进去，两个人一起放进去，这才是我们想要的。这样世界就能平平安安了。还有他那件黄褐色的外套，是一件带拉链、采用超细纤维面料、质地光滑的风衣，没什么引人注意的地方，是那种最常见的衣服。而有些男人，海湾街[1]上那些或持重冷静或喧闹的男人，他们周末会选择颜色亮丽的衣服，比如湖蓝色或是橙黄色，或者是皮料衣服，如山羊皮、绵羊皮，等等。他们的衣服上缀有闪闪发光的装饰，各种肩饰、牛角扣、小垂片、徽章，像诺帝卡广告中轻松活泼的雄性，身着毛葛布衣服，炫酷又罪恶，光鲜闪亮。不过他们也知道自己着装不凡，必须做出那种样子，而其他像汤姆一样的男人并不需要那样。

　　我的丈夫对于童年只有一件抱怨的事：他的母亲不会料理家务。她一年（也许）只清洗一次浴室的皂盒。他记得软塌塌的棕榄香皂块泡在浊沫当中，恶心至极，令他根本不想碰。不过没有人注意到他对肥皂的躲避。这一直持续了好多年。每天他都会看到那黏稠的肥皂水，但谁也没有在意。我们在一起没多久他就告诉了我，想让我懂得为什么他会对浴室的东西那么挑剔，也担心我会觉得他是小说里那种

1　海湾街（Bay Street）是多伦多的商业金融中心。

可笑的神经兮兮的人。除非你的母亲也是那样，否则你是不会理解的。除非你有机会看到什么是整洁，否则你也不会在意。你需要知道丝滑的香皂清爽地放在一个陶瓷皂盒里是什么样子，这不是不可能。如果将每个人的童年都排演、回放或是从某种角度眯起眼睛审视的话，我们很可能会发现童年是一种破坏行为，不过汤姆却不知何故完全摆脱了对不洁皂盒的恐惧。现在他母亲迷上了清洁房间，她甚至还会用那种蓝色的消毒水清洗马桶。

我们一边在墓碑间穿行一边谈论他的母亲。洛伊丝·温特斯，娘家姓马克斯韦尔，守寡十二年了。她崇拜她的儿子汤姆——她唯一的儿子——她也非常喜爱她的三个孙女。我觉得她也挺喜欢我，只是我们之间有巨大的差距。比如她收集了我所有的书，而且都是作者签名本，摆在她玻璃台面的咖啡桌上，但她从来没有读过一本。这种事情一个作家马上就能察觉到。听到有人提到我的某一本书时，她脑子里那堵反应迟钝的雷达墙就会立刻竖起来，这也表明了她的态度。我完全理解她的这种排斥心理，也知道原因何在。倒不是她反感我的书，而是因为我是她三个孙女的母亲，他儿子的配偶。这样的事实并不能因为我的爱好、我的写作、我的职业生活、我的追求而有所改变。

自从诺拉流落街头她就变了，似乎她的大脑已苟延残喘太久，像油醋汁里的生菜叶，在慢慢变质。因为她每天晚上都和我们一起吃饭——她会带甜点，自制的甜食——我们能够注意到她在逐步地、一天天地变得静默起来。不过有时她也会积极参与我们的谈话，询问孩子们老师怎么样，游泳队怎么样。她是个容易生气的女人。她有自己的政治观点，确实比较保守，不过观点终归是观点。她会听收音机，了解时事。

"诺拉在哪儿？"她不停地问，"诺拉什么时候回家？"最后汤姆告诉了她，小心翼翼地每次透露一点点情况：诺拉从大学退学了，和她的男朋友分了手，诺拉在追求精神的美善，家里人也不是很理解，她和大家都疏远开来，住在一个青年旅馆，在多伦多市中心的巴瑟斯特街和布卢尔街的十字路口乞讨——不过大家仍抱着希望，她会变回我们了解和喜爱的那个诺拉，她会从那个什么妄想中清醒过来，我们大家都在尽一切努力帮助她，作为诺拉的奶奶她不必担心。

当然了，她还是很担心她的大孙女，她最爱的大孙女。说实话，那是她挚爱的诺拉。她在饭桌上变得越来越消沉，直至最后一言不发。最近几个星期，她逐渐加剧的沉默变得很奇怪，和诺拉的沉默相似，她萎靡不振的样子也和诺拉一样。有时我想我们所有人——汤姆、娜塔莉、克里丝汀、洛伊丝——是否都成了诺拉影子戏里的演员，是否在这几个月里我们都变得谨慎、警觉、愤怒，等待着回到从前的生活，每个人都感到冰冷刺骨，仿佛被放逐到了一个一切都一成不变的地方。连佩特都有些迟钝了，它那金毛犬特有的笑脸也写满了沉默。

但我们家以外的情况却迥然不同。我环顾四周，看到了各种各样的变化，有些甚至令人惊叹。首先，我们的朋友科林和玛丽埃塔·格拉斯又重新在一起了，玛丽埃塔和她艾伯塔的情人分手了，真是出乎我们的预料。格拉斯夫妇原谅了彼此——只有老天才知道他们的过错是什么，也解决了他们之间的分歧。这么一个感情上的转折，令人大感意外。有妻子在场时，科林变得温柔并充满爱意——我不得不承认，我们很高兴看到他帮她拉开桌旁的椅子——她呢，也相应地奖励给他一个年轻姑娘般的温柔的一瞥，就像他们之间什么都没有发生过一样。

克雷蒂安再一次以压倒性优势执掌政权，但美国的大选结果仍悬而未决。玛格丽特·阿特伍德确实获得了布克奖。我们会过一个白色的圣诞节，这一点确定无疑。诺拉用一个新的、重新写的牌子把她那破烂的牌子换掉了——这也算是个好消息。

奥兰治镇图书馆的谢丽尔·帕特森和她的孟买牙医山姆·桑迪结了婚。他和前任妻子的离婚手续进行得比预期的要快，上上个星期六他们举行了世俗婚礼 [1]。随后我们在我家举行了招待会，为谢丽尔的三十多个朋友和我们的朋友准备了三明治和香槟午餐会，大家都沉浸在一派喜庆的气氛当中。谁不喜欢婚礼啊！无论是富是穷，是好是坏。汤姆把客厅和书房的壁炉都生了火，客厅里当然少不了圣诞树，为了配合谢丽尔和山姆的婚礼，今年我们提前几天把圣诞树支了起来。整个房子洋溢着饱满高涨的情绪。我穿着米黄色的丝绒长裙，将放在银质托盘里的水果蛋糕分发给大家，这个盘子我只有在圣诞节的时候才从顶柜里拿出来用。我的发髻上别着一个小小的银质圣诞节发饰，一个簪子，那还是汤姆几年前送我的礼物。我微笑着，在给人们分发蛋糕的时候一直微笑着。是啊，他们能够彼此情投意合真是一件很奇妙的事情，两个离过婚的人，在熠熠生辉的北美大陆、安大略省的奥兰治镇。我微笑着对人们说，请尝尝这个水果蛋糕，是我婆婆做

1　即不去教堂，只需一个证婚人就可举行的婚礼形式。

的，味道很不错，是按照家里的老食谱做的。汤姆在那儿把宽敞的前门打开，迎接又一拨客人。他冲我的方向瞥一眼，开心地笑着。我的挚爱。自助餐桌上有一条去了皮的三文鱼，颜色粉粉的。有那么几个瞬间，也不知为什么——可能是壁炉里苹果树木柴的气味——我开始相信一切都会好的。

然后我突然就失去了安全感，浑身疼痛，感觉一条裂纹出现在我松果一般的意识里，意识的每一道弧线里都包裹着这样的信息（那种白色的养分）：诺拉在寒冷多雪的多伦多市中心，远离家人，尽她所能地远离。

别再想了。回到灯光下谈话的人群中来，现在就回来。吃点水果蛋糕。餐厅里有咖啡。我听到脑子里有个声音在说：注意，要注意。

我们只是表面上扎根于时间当中。如果你细细去听，会发现引向未来的导火线已经在各处噼啪燃烧。尽管我被焦虑的情绪困扰，我的小说《盛开的百里香》还是快要完成了。艾丽西娅和罗曼大声地争吵，两人都做得很过分，关系不断恶化。他们偶尔会一起吃吃饭、喝个咖啡或做爱，但大部分时间他们还是会有序地破坏他们曾经共同建立的一切，用带有哲理的争辩损耗他们的爱情，最后除了烧煳的米饭一无所有——这一幕发生在罗曼的公寓，他们俩感人地、孤注一掷地想努力做一顿希腊式饭菜。艾丽西娅变得时髦阔气，性感迷人，散发着独立女性的魅力。她的观察力在稳定地提升，而罗曼则显露出令人生厌的滑稽的一面，比如，穿着带条纹的黄色袜子。他强健的下巴更壮实了，在性事方面也变得更加如饥似渴。用那支昂贵的长号练习吹奏时，他会吹出响亮的炸音。他会自言自语，常常是关于他在阿尔巴尼亚的、那些已经失去联系的亲戚，为他们感到悲哀，为他们所经历的一切感到悲哀。可是他又能做什么？他在 1986 年去过地拉那[1]，想和这些人联系上，却扫兴而归。他差点进了监狱，受到威胁恐吓，遭到轻蔑对待，可他爱那个该死的地方。

《盛开的百里香》还剩两章，或许是三章。然后就是结局，会是一个转折，肯定会与读者的好心背道而驰，可是我已下定决心要这么写到底了。我正在朝那个方向努力，心中充满创作的灵感。这怎么可能呢？一个失去女儿的女人，一个正在经历由分离而引发的焦虑的女人，怎么会写一部奇幻喜剧呢？

不过必须要说的是，斯普灵格先生——我的新任编辑——并不同意将《盛开的百里香》写成奇幻喜剧。恰恰相反。

1　阿尔巴尼亚首都。

无论什么

上午的阳光照进厨房里，电话响了。

"喂？请找一下莉塔·温特斯女士。"

"我就是莉塔·温特斯。"

"噢，莉塔，对不起。我没听出你的声音。"

"我有点感冒——"

"我是阿瑟，阿瑟·斯普灵格。"

"阿瑟。"

"纽约的，斯克里巴诺－劳伦斯出版社的——"

"噢，对对，你还——？"

"希望你们过了一个快乐的圣诞节。你和你的家人。"

"对，是的，是的，我们确实过了个快乐的圣诞节，现在还在过。你——？"

"很抱歉打电话到你家里。"

"家里？没有关系。实际上，这就是我——"

"也很抱歉在圣诞节这一周给你打电话。这是一年中最应该把工作放到一边，尽情快乐的时候。"

"哦，对——"

"实际上斯克里巴诺－劳伦斯出版社新年后才正式开始上班，这是传统。可是你的书稿令我激动不已，我想立刻就和你联系，心想你可能会原谅我在假期的失礼打扰。显然我选了个不合适的时间打电话。"

"哦，没有，我们实际上是在同一个时区——"

"《盛开的百里香》！我从哪儿开始好呢！"

"呃，我——"

"我昨天晚上读完了这部分草稿。我几乎没有睡觉，心里一直想着艾丽西娅和罗曼，这两个深入人心的人物一直留在我的脑海当中，他们经受的一切，他们的勇气，他们随着洞察力的不断增长而加深的自我认识，他们好似激光一样敏锐的内心世界。你可以想象我的——我怎样为之悲叹——同时又惊叹——我醒来时想，这就是生活，谁也不能保证我们在生活中不经受苦难，我们的期望注定要落空——"

"可是阿瑟——"

"还有艾丽西娅——她对美善的执着追求。我们上次谈话时我就跟你提到过，是不是？"

"对，提到过。我很高兴。实际上，我正在努力搞明白美善是什么，它的本质，以及——"

"那种灵魂的美善，心灵的美善。它是不可或缺的，不需要进行评论，也不用加引号。现在你懂得我为什么一定要立刻给你打电话了吧。即使在圣诞周，即使——"

"可是阿瑟——"

"还有罗曼。那个男的。罗曼，罗曼。"

"嗯？"

"难以形容。这是作家绝对不应该使用的一个词，但是对我们编辑来说嘛，我们只能想：多么难以形容的一个人物啊！他的复杂性，我是说。"

"是吗？"

"难以形容！我想不出该如何在勒口文字中介绍他，不过我们到时再商量吧。"

"斯普灵格先生，阿瑟，你也知道这不是完整的书稿。我至少还有三章要写，而且你看到的只是草稿——"

"是，是，我知道，莉塔，我记得我们的谈话。我知道我读的是草稿，而且只有一部分。可是，这正是奇妙又不可思议之处：我知道你的故事会怎样发展。不过，请不要误解我的话。我的意思是，我既知道又不知道。你什么都没有暴露，你对读者一向都相当严厉，让他们只有打探或猜测的份。但是形式，我指的是普遍的美学意义上的形式，已经很明确，而且这种形式也只能以一种可行的方式完成，这一点也很明确。"

"我很高兴你这样想——"

"实际上我是从办公室给你打的电话，如果斯克里巴诺先生知道有人在圣诞节假期工作，那他会在坟墓里翻跟头的。可是我不得不来一趟，找找关于《我的百里香出苗了》的评论。我本来可以在网上看的，但我想感受它们放在我手里时的分量。我想去听，真正去听评论家们当时是怎么说的。我肯定，莉塔，你自己已经读过一些书评了。"

"我想所有的评论我都读了。"

"太好了，太好了。我和那些连自己作品的书评都拒绝阅读和关注的作者可合不来。在我看来这不仅是态度傲慢的问题。尽管面对评论家的点评有时会痛苦万分，但是了解自己是否真的和读者建立了联系，绝对是明智之举。还要了解联系的密切程度如何。莉塔，这是我急着要跟你谈的。这本书与读者之间联系的密切程度，语气和意图。"

"可是，我的——"

"我已经读了关于你第一部小说的所有评论。《纽约时报》《华盛顿邮报》等。我认为对于第一部小说而言，能得到这样的反馈是很出色的。真的，说真的，相当出色。"

"是啊，我很意外会有这么——"

"我将它们都摆在了我的办公桌上，我坐在这儿有一个小时了，一直在画线画圈。我想问你，莉塔，你对你的书所受到的关注是怎么想的？"

"我感到很高兴。实际上我感到很惊讶。"

"好。那么，你觉得，你写这本书的意图有没有被那些写下评论的读者领会？"

"我……我认为领会了。确实。"

"那么，你的第二部小说《盛开的百里香》的意图是什么？"

"你是说我的目标吗？"

"一点不错。"

"嗯，这是一部续集。所以如果你要用意图来形容的话，我认为这本书的意图和第一本基本是一样的。同样的人，同样在威彻伍德的生活，同样的问题——"

"莉塔，问题是你现在正在写的是一段心路历程。心路历程这个词一直让我心醉神迷，一直。你写的——我没有忘记现在还只是草稿——你创作的这部小说道出了人性深处的渴望。你知道这多么难得吗？你的前一部小说是——希望你能原谅我这么讲——是一部关于普通人的浪漫轻喜剧。"

"我记得其中有一个评论家称我为庸俗的游吟诗人。不过除此之外这篇评论还是相当不错的。我们觉得这种说法挺有意思。"

"对，对，没错。莉塔，你自己也看到了，你把这部新的小说当成续集不太妥当。"

"可是它确实是一部续集。里面有艾丽西娅和罗曼，以及他们结婚的计划，还有——"

"好吧，我打电话是想看看你什么时候可以来纽约。可能的话下周吧。"

"噢，我去不了，去不了纽约。"

"在你完成草稿之前，在你动笔继续写之前，我们两个人需要好好谈一谈，这非常重要。"

"恐怕我现在不能离开家，阿瑟。家里有事情——"

"我记得斯克里巴诺先生提到过你家里的事情，一个让人担心的女儿，可是你离开一两天总行吧。"

"不行。不太可能。"

"那我就去找你！去奥兰治镇。这个地方靠近蒙特利尔吗？我对蒙特利尔非常熟悉。"

"靠近多伦多。"

"哦，多伦多，对。我去多伦多也很容易。我从多伦多打车到你住的地方。"

"你也许可以租一辆车。"

"莉塔，我们至少需要两天的时间来把你的草稿过一遍。奥兰治镇有旅店吗？"

"有奥兰治旅店。是很——"

"我在查我的日历，就在我面前，1月2号合适吗？"

"我想想，是个星期一吗？我把日子都搞混了，你也知道圣诞节这一周是什么情况。如果是星期二或星期三我就不能——"

"1月2号。我会搭最早的一趟航班。奥兰治旅店。别担心，我马上就打电话订两个晚上的房间，2号和3号。你把那两天的时间空出来，我们要谈的有很多。"

"你确定我们需要——？"

"这真是个不错的计划，离开纽约到乡下去，从各方面看都有好处。平静，平平静静。恕我唐突，我觉得以这样的会面开始新的一年着实有意思。新年快乐，莉塔。"

"也祝你新年快乐。阿瑟？喂？你还在吗？"

任　何

亲爱的埃米莉·海尔特：

　　很显然我并不是《芝加哥论坛报》的忠实读者，但我纽约的编辑（斯克里巴诺－劳伦斯出版社）将他在网上看到的一篇书评发给了我，是您对苏珊·布莱特的《一个不圆满的事件》的长篇评论。我承认我并未看过这部小说。我的编辑很高兴看到您在序言中提到了我的名字，我想他大概觉得只要能引起关注就是好事。人们常这么说，也许是对的。

　　您说女作家就像小说界的微图画家，是细腻"感情"的渲染者。她们不是像唐•德里罗[1]那样描绘一幅广阔的社会图景，或者像菲利普•罗斯[2]那样，从"性渴求的视角"来阐释关系。这些女作家——这里您列举了许多女性作家的名字，其中也有我的名字——在"微不足道的个人生活"中发现了普世真理。您接着说这是一种"有欺骗性的主张"，只在偶然情况下才与事实相符。

就我自己的小说《我的百里香出苗了》而言，我不得不认同您的判断。这部小说是快速创作的产物，供快速阅读之用，没有考虑广阔的图景，只是表示了一点点情欲。好吧，好吧，我一点也不生气。对于**某些**不敬，我尽量以客观的态度对待。只有**随意的**不敬才会使我——我能说吗？——才会使我生气，不过没有谁——即便是我的家人和好朋友——察觉到这一点。很久以前在中学的时候，我们学到的文学主题是出生、爱情、理解、工作、孤独、关联和死亡。我们相信小说的读者自己就过着"微不足道的个人生活"，而且作家也是如此。她们并不像您所暗示的那样，因写作的主题不够宏达多样而痛苦。这些人感知着她们生活的这个广阔世界，以作家的身份随意弹奏着性渴求的曲调，但她们的着眼点却

1　唐•德里罗（Don DeLillo，1936—），美国作家。他的作品覆盖了诸如电视、核战争、行为艺术、数字时代和恐怖主义等广泛的题材。
2　菲利普•罗斯（Philip Roth，1933—2018），美国小说家。他的小说具有强烈的自传性质，在哲学上和形式上模糊现实和小说的界限，积极探索犹太人与美国人的身份认同。

是基于她们作为个体、作为人类、作为生物的狭隘认知，以及每个人对善与恶的理解。善恶并没有什么标准，没有那么一个**恒定的标准**。似乎对于我们这个物种而言，善良会带给我们快乐。这一点虽然难以引证，但可以看得出来。

正好我有一个十九岁的女儿，她之所以选择放逐，正是因为这种注定会沦为微图画家的迹象。她的对策是自我牺牲。我知道那是一种什么样的感觉。用著名的丹妮尔·韦斯特曼博士的话说，她可以是"美善的，但不是伟大的"。如您所言，这是一个"有欺骗性的主张"。而她确实被欺骗了。

你的，
奥兰治的泽塔

是 否

丹妮尔·韦斯特曼以最大的限度，能承受的最大限度接受了关于征服的悖论。她可能到了一种自认为能达到的最好的地步。她没有力量再去进行一番搏击了，但是她也不会投降。比如，她拒绝接受古代女神。她说从来就没有这样的女神：姑息纵容、误入歧途、微不足道。

"她的生活可真不咋样！"萨莉说。

"不对，"我固执地说，"她过着相当满足的生活。"

"倒不是因为她讨厌男人。"琳插进来说。

"根本不是。"

"那也不会令人吃惊，"安妮特说，"我的意思是就算她真的讨厌男人。"

"其实，"我说，有点犹豫，因为我并不想为丹妮尔辩护，"可能她希望的是向前迈出一大步，而不是这些微不足道、实际上没什么作用的立法程序。"

安妮特和琳冲着我点头，萨莉却一副不解的样子。"天哪，"她说，"有洗衣机和烘干机就是进步。光有自来水就是进步。你们去过非洲。你们也看到了，那儿的女性一天什么也不干，就是提着个水罐去打水。"

萨莉没有搞懂。我不知道琳是不是搞懂了。我觉得安妮特懂了。可能因为她既是黑人又是女性。

安妮特慢慢地点着头："是啊。"

"真是可悲！"

现在是 2001 年 1 月 2 日，星期二，上午。我给斯普灵格先生纽约的办公室打了电话，给他留了言，语气相当坚定，说我 1 月 5 号星期五之前都没有时间。星期二我要和朋友在奥兰治花之茶馆喝咖啡，星期三我要开车去多伦多。我都懒得跟秘书阿德里安娜讲具体情况，但她立刻就回复说阿瑟默许了。他 5 号不行，但 19 号星期五一定会来，他会在下午三点出现在我家门口，而且他很期待到乡下来过一个周末。

"到乡下过周末？"琳·凯利像往常一样沉思着说，"你觉得他在想什么？骑马之类的玩意？"

"我想也许可以搞一个晚宴，"我说，"可是我真有点懒得费神。"

"乡村晚宴？"

"百家宴那类的？"

"你可以带他去星期六早晨的集市。最近那个地方改善了很多。

有一个女的用干玫瑰花瓣做串珠项链——"

"对！这些珠子会一直散发香味。她有办法将它们变得小巧而紧实。"

"最初的念珠就是那样做的——"

"真的！我从来没有想到是这样的。"

"而且集市上有个人用树枝做的椅子特棒——"

"其实你不能真的坐在上面。"

"那个人觉得他的椅子是雕塑，不是家具。还有一个新来的人，他的头发长至腰间，他能在木头块里安装很小的暗抽屉，抽屉里还有更小的抽屉。"

"你觉得他会是什么样子？"萨莉问，"你的那个阿瑟·斯普灵格——"

"不知道，"我坦白地说，"不过我挺怕他会是——我也说不准，可是——"

"新生派？"

"纽约派。"

"很酷的那种？名校毕业生？"

我摇摇头："恐怕他会像马屁精。"

"噢，天哪。"

"可不能让他得逞。"

"你也回敬他一个马屁。"

"自负的官僚，就像那些个——"

"我得请他留下来吃晚饭，我感觉汤姆会发疯的。女儿们也会。

她们也挺吓人的。她们造了个新词：衰。意思是狗屁，或者类似的意思。她们俩互相'衰'你'衰'我的。她们叫汤姆'衰先生'，他喜欢，还做了个敬礼的姿势，然后两个脚后跟一并。娜塔莉特别会模仿——"

"让小年轻去戳穿真正的马屁精——"

"特别是纽约马屁精。或是衰人。我们在那儿的时候——"

"我在电话上和他交谈过两次，我注意到他总是在我快要说到重点的时候打断我——"

"我们总是打断彼此。你注意到了没有，我们四个人——"

"那不一样。我们之间没有权力关系，所以打断也没关系——"

"是吗？你真的相信——？"

"谈话就是这样，谈话本就是这样，一点一点，但是有了这些零零碎碎插进来的——"

"可是你和阿瑟，他叫什么来着？可是真有权力关系，莉塔。"

"这人是你的出版商。"

"不是，他是莉塔的编辑，不是出版商。"

"但他可以决定什么可以出版，什么达到他们的标准——"

"他当然能对莉塔的小说产生影响。"

"要是你允许他这么干的话。"

"至少你是在自己的地盘上。打橄榄球人们总说主场铁定会——"

"你知道吗，莉塔，他'不能'在你提议的5号那天来，而且改到19号，这个事实本身就说明——"

"当然是在表明一种权势。"

"绝对。"

"这是最后决定权的问题。"

"我自己也搞过这一套。"

"莉塔，你的小说进展如何？"

"很慢，我放慢了进度。"

"来自纽约的压力只能让情况更糟，刚过圣诞节没几天，在重新回归正常之前只能这样了。"

"你说得对，一想到他我就不自在。他越是夸奖，我越是怀疑。"

确实如此。我有一两天没有看书稿了。在阿瑟和我联系之前它本来是我的宝贝，是最能转移我注意力的东西。缓解我对诺拉的担心之情的唯一有效方法，就是融化到另一种现实中去，一头钻到威彻伍德市中心去，那里有金融区、音乐厅、雕塑、街角和一块块灯火通明的空间。可是我现在却害怕这书稿，害怕去点电脑上《盛开的百里香》的图标。不过我倒是一直在了解长号，我惊讶地发现有很多关于长号的网站。长号看起来非常简单，但事实上它们是传奇和浪漫的主题，甚至是伟大的主题。对我来说，是另一种转移注意力的方式。我在心里想着这些铜管乐器，就像我随意地看着咖啡杯里剩余的咖啡，将杯子倾斜一点，杯底的圆圈就扩大成一个椭圆形湖泊。需要了解的太多了。

同时，小说由于主要情节的拖延而没有进展。艾丽西娅对于如何拯救自己还没有做出决定。她不想伤害罗曼，她那位长着浓密凌乱的头发、散发着浓浓体味的亲爱的罗曼，像一块干硬的奶酪。不过她必须尽快把他早就应该明白的事情告诉他。她母亲会哭天抢地，他父亲会抱怨，罗曼的家人会觉得她不好，大家都会感到尴尬。但她必须为自己着想。这听起来有些自私。她希望能解除婚约，但同时也想对得起良心。肯定有某种道德评判标准她可以借用。这个世界上哪里都会有情人解除约定，这算不上什么罪过。艾丽西娅知道她和罗曼最终都能熬过去，但她——她将会是约定的破坏者和违反者，心肠刚硬、刻薄狠毒，侵蚀、损害了由自然的美善所铸就的关系。爱情、婚姻、孩子、一个安乐窝，以及随之而来的舒适安闲，以及我们所依赖的一切一切。

每当艾丽西娅想到理想化的美善，她脑海里就会出现花岗岩的画面，那光滑的表面，难以穿透的石头。可是实际上，石头可以很轻易破碎。艾丽西娅去过稻草山附近的采石场。她见过那些巨型机器是怎样工作的。美善得不到保证。有原则的生活需要去践行，尽管制定出了许多约定俗成的道德法则，但人们还是会犯错误。那么美善就成了一件我们一直想做的事情，仅此而已。看怎么方便吧。还是让我们面对现实吧，美善并没有力量，一点都没有。放纵、过失和言而无信都会发生，实际上一直都在发生。她曾尽力向罗曼描述她的感受，但他却在想别的问题。

其中一个问题是他想去阿尔巴尼亚度蜜月，在这一点上他特别固执。他买了一张地图。他给在地拉那的朋友发了电子邮件，发现即使是在欧洲这个最穷的角落，电子邮件也很普遍。艾丽西娅对这个度蜜月的主意没有兴趣，更别说结婚了。阿尔巴尼亚对她而言像是惩罚。不过，罗曼一心想说服她，都快把她磨垮了。他们好像从来都抽不出时间认真讨论一下未来的共同生活。罗曼还不明白他们结不成婚了。

他的神经太纤细，注意不到这个事实。要么就是他的神经太粗糙。

而且，他和威彻伍德交响乐团的巴松管乐手发生了争执。那位巴松管乐手的座位就在罗曼的前面，她——西尔维娅·伍德奥——抱怨罗曼把长号喇叭口正对着她的耳朵。她还抱怨罗曼用喷雾器湿润长号的拉管时淋到了她。她的头发是自来卷，湿了就会蓬松得像巫婆一样，让她失去镇定，忘记自己的演奏顺序。她想让他把椅子往后移一两步，但罗曼拒绝移动他的椅子，声称没有空间。他能有什么办法？那好，西尔维娅·伍德奥说，你喷水的时候至少可以朝别的方向。罗曼说，我做不到。人们可能会指责他有些过于维护自己的权利：不可能，他说。

艾丽西娅和罗曼两个人的爱情不会有结果，但婚礼的日子却越来越近。我作为这场浪漫喜剧的导演，也思路耗尽。现在需要一个叙事高潮，但它却在狡猾地回避我。我常常停滞不前，极力想在这两个恋人的争吵中搞出一些小闪光点，就像将插头插入插座那样，完美契合，可是我有的只是愤怒。我患上了严重的圣诞节后疲劳症。还有什么活能像拆圣诞树那样无趣吗？答案既是肯定的也是否定的。我总是等女儿们开学、汤姆上班以后才动手收拾——你不能指望他们去做这份无聊的活计——拆下那些易碎的装饰，用薄绵纸包裹好，分别放进对应的纸箱里，然后把圣诞树轻轻放倒，从宽大的前门拖出去，再扫起一堆堆松针，最后把洒落在踢脚线周围的松针一根根捡起来。一上午的劳动有条不紊，却令人沮丧。

但是呢，拆圣诞树的活完成了。我很高兴把它挪走了。空间失而复得。现在我可以思考了。

我尽量回忆和阿瑟·斯普灵格在电话上的谈话，可是只记得一星半点。他说到什么心路历程，一点也不沾边。我现在觉得他话中闪烁着一丝威胁。不过他打电话来的那天上午厨房里特别吵。娜塔莉和克里丝汀在圣诞节假期起得很晚，她们当时正在炉子上做煎饼，想把面糊摊成自己名字的首字母，还把收音机音量开得很大——她们在听一个非常吵的摇滚乐电台。洗碗机在运作。汤姆正拖着步子下楼。我的心在跳。能听清电话里讲的内容才反而奇怪。

曾　经

　　娜塔莉和克里丝汀又开始在星期六去巴瑟斯特街和布卢尔街的十字路口了。圣诞节前，她们给诺拉送去一个巨大的圣诞节包裹，里面有许多好东西，都包装得很好看：一条柔软的、带保暖内里的运动裤，一块香皂，一把直板梳子和一个发刷，还有装满水果和巧克力的圣诞袜。我们都觉得诺拉会立刻把这些东西一件不剩地送给陌生人，不过我们能接受，我们只能接受。

　　我希望做一个脑叶切除术，要做得干净彻底，把我的头顶锯开，将指定的部分切除。我想除掉去年春天我们不知道诺拉下落的那一周的记忆。我想从脑中除去娜塔莉前额流血的记忆，那是许多年前，在院子里，她坐的高脚椅子倒了，她磕到了篱笆上。实际上我想删掉所有关于伤痕的记忆，包括我上周看到的诺拉手腕上的疮痂：她大衣袖口和手套之间露出来的约莫半寸的皮肤上有一圈红疮。我想忘记《窃窕淑女》的全套原声音乐，以及我母亲在瓷器上作画的记忆，那时她无法面对父亲的去世，连自己的名字都不记得了，所以我们只好把她安置在看护中心。还有那次我在去渥太华的火车上来了月经，又恰好穿着自己新买的白色套装。还有那次我们在法国，克里丝汀突发膀胱炎，有五分钟的时间我记不起膀胱（vessie，阴性名词）这个词用法语怎么说。还有我和汤姆的那次争吵，那是我们在内森·菲利普斯广场初次见面三周年的时候，究竟是为什么我记不得了，但我们都说了许多狠心的话。我们俩谁都不敢回顾那个把对方骂得一无是处的时刻，所以后来好多天里我们都心有余悸，说话也低声细语，整个晚上都依偎在一起。

我向汤姆描述了诺拉手腕上的红疮痂，他想不明白是什么病。冻疮，他猜测说，那是一种不常见的，几乎只存在于狄更斯时代的病，由寒冷的天气所致。

"你认为会是她拿剃刀——"

"不是。"他摇摇头，"你说过看起来更像是疹子。"

星期五去多伦多的时候，他亲自看了看。现在他也不确定了——不过他没有走得太近，诺拉在那个角落里走来走去，他不想让她发现，认为他是在偷看。他认为多半是严重的湿疹。他将一瓶可的松药膏留在诺拉那块硬纸板旁边，还从奥内斯特·艾德百货商店买了一副很大的羊皮手套，能一直套到她的胳膊肘那里，如果她愿意戴上的话。

我们在和自己的孩子玩一种猜谜游戏。她还是婴儿那会儿我们就不需要特别操心照料她了，可是现在我们所有的努力都是基于猜测。

舞蹈人类学者[1]们——安妮特·哈里斯告诉我这个现象——试图根据相关的音乐片段、评论、20世纪初期的芭蕾舞趋势，以及日记本页边空白上的几段潦草、粗糙的编舞笔记，重建尼任斯基[2]失传的芭蕾艺术。这注定是一项非常艰难的工作，注定会失败，但是这项工作与我和汤姆商讨诺拉的情况时所做的努力不无相似：我们会讨论她的健康，她的卫生，她手腕上的疹子，她的营养，她无神的眼睛上蒙的那层翳，她两个妹妹告诉我们的情况，她每天早晨走去那个角落以及晚上返回希望青年旅馆的路上脑子里在想些什么。以及为什么？

汤姆基本认为她患了创伤后应激障碍[3]。他说关键在于搞清楚是什么造成了创伤，然后使创伤显现出来。显现出来会很残酷，但是通过一番证实，能将造成创伤的事件从一种不断重复的真实变成纯粹的记忆，大脑能够应对的记忆。汤姆现在把他的三叶虫化石都抛到一边了，将注意力集中在研究压力和创伤上面。他晚上弓着背坐在电脑前，深入互联网，艰难地探寻创伤疗法、创伤压力、创伤病例。我们的卧室放满了关于这个问题的书籍和杂志。

是啊，他是个医生嘛。自然会想到诊断和治疗。因果之间有节律的弧线可以给他自己的内心以满足感，我真羡慕这样一种心态。那么简单，那么利落。我真希望我当初把罗曼设定成了一个医生，而不是长号手，不过太晚了。如果他胳膊弯里没有那闪亮的铜管乐器，他的

1　舞蹈人类学是人类学的一个分支，研究各民族创造的舞蹈。

2　尼任斯基（Nijinsky，1890—1950），俄国芭蕾舞演员、舞剧编导，编导过《牧神午后》《春之祭》等舞剧。

3　指个体遭遇或目睹他人经受的严重创伤后，持续经历精神障碍的情况。

嘴没有鼓成吹奏的样子，我会觉得那不是他。而且他在上一本小说里就是长号手，我不能任意打发他去医学院学习四年，更别说还要考虑什么医学预科以及天生的性格之类的。

我坚信小说家应该让她的人物去工作。在我看来，那些虚构出来的男男女女如果不工作的话，就会显得空洞，他们应该聚精会神地工作——建筑师在绘制台上神情专注，舞蹈家认真推敲演出的舞步，程序员认真跟踪访问的路径。艾玛·埃伦相信，读侦探小说最大的乐趣就在于能看到主人公每一分钟都在忙碌地工作——犯罪小说中总有工作要做，工作就是一切。

我在小说里读到的教授们从不进教室，他们总是在休学术假或是去夏威夷开会。还有艺术家主人公从不拿起画笔，他们总是在附近的咖啡厅，专注于他们的爱情生活、他们的嫉妒或悲哀。那个年轻能干、金发向后梳起、一绺头发散在脖子上的植物学家会爬上长满草的山坡，用采集的稀有植物填满口袋吗？不会，我们看到的都是已经下班或者正在过周末的她。她去参加聚会，去见小说中常见的年轻律师，这些律师也没有案子要处理，没有案卷，没有办公室，没有法庭来展现他们的能力。那个年轻高大的建筑工总是在休息，和他的伴侣，一个金发女郎，曼荷莲学院的毕业生享受鱼水之欢——这是怎么回事？我希望——哪怕只有一次也好，能看到他抬起风钻作业，身体跟着不停抖动的狼狈模样。可是如果小说家是耶鲁的毕业生，他爸爸也是耶鲁毕业的，那他又能有什么办法？他不可能懂得风钻会反冲、抖动，会震到人的骨头和肚子。我们也许会看到这可怜的家伙在了解人文主义，在观看露天的莎士比亚戏剧表演或是法国电影，以及其他类似的东西，可就是看不到他在工作。

我喜欢工作。我与人相识的时候总想问他们从事什么工作，可是琳·凯利告诉我，如今情况不同了，在谈话时问这样的问题不合适。很多人没有工作，或者他们不愿意谈论自己的活，比如在避孕套工厂的装配线上工作，或者干的是消灭蟑螂的工作。有的工作很不堪。工作成了一个敏感问题。上次我问一个女性她"干"什么——一两个星期之前的圣诞节聚会上——她看了我一眼，说："我没干什么。"然后她瞪了我一眼说："我也不在上学。"（这也是我想通过脑叶切除术除去的几个社交事件之一。）

但是既然我对长号一无所知，最初又为什么要让罗曼当长号手呢？因为当时我坐在自己的小储藏室里，写到前几章中的某个段落时卡住了，手指随意地来回拨弄着一个法国曲别针。我们去法国的时候——我不得不承认这有点炫耀——我带回来一大盒曲别针，这些曲别针的一头是尖的而不是圆的，看起来和我们北美的曲别针不一样，时尚，有法国风情。法国人叫它们 trombones[1]，他们喜欢给东西起一些亲切的名字。罗曼就是这样得到他的铜管乐手职业的，通过一个偶然的联想，因为我，这个拖拖拉拉、第一次写小说的作家，在某个下午碰巧手里摆弄着一个小曲别针，同时在考虑给我的男主人公找一份真正的工作。

罗曼的偶像和导师霍斯特·拉赫，声称长号的声音应该尽力接近大提琴，节拍要悠长而舒缓。拉赫教导罗曼说吹奏时音色要柔和

1　"曲别针"在法语中是 trombone，和英语中"长号"的拼写完全相同。

清晰，而且要稳定。终极目标是要吹出"调性之美"。罗曼在十四岁的时候开始认真练习，用的是一把克鲁斯普公司出品的维施克型长号——他家几乎买不起，为了买这件乐器，他的祖父用一个咸菜罐攒了好久的硬币。期中考试时他选的是萨克塞的长号协奏曲——他记不清是为什么了，并且发挥极为出色。他喜欢表现"出色"，他开始练习得越来越勤，这样他就可以永远出色。最终他学会了精确地演奏，八分音符、三连音、十六分音符以及三十二分音符。他能吹出几近完美的高音。闲暇时间他会鼓捣一下爵士乐:《沉睡的礁湖》《星尘》《你令我伤感》。不过他不会将这个透露给那些纯粹主义艺术家。他很优秀，甚至远不止是优秀，威彻伍德交响乐团对他的任用就证明了这一点。

长号是一种很难掌握的乐器，因为内外拉管的伸缩必须准确，还需要润滑剂。旁氏冷霜曾经被用作润滑剂，但是近来有了专用的产品，比如硅油滴剂，每周用一次，和一种皂液同时使用效果会更好。大部分长号手偶尔还需要用雾化器喷水，以保持伸缩管潮湿润滑。当然，F变音键让交响乐长号手感到了很大的不同，特别是它增加了几个低音——罗曼非常喜欢低音音域。他知道能够被一个著名的乐团雇用是一件很幸运的事情，但最近他很想出去走走，而且他和巴松管乐手西尔维娅·伍德奥的"分歧"正在演变成一场危机，他讨厌那个女人。而且他渴望能够去一趟阿尔巴尼亚，那是他的祖先生活的地方。

我作为小说家，对罗曼职业的复杂性感到有点吃惊，每天我都问自己，我是怎么搞得这么复杂的。

我把艾丽西娅安排到一家没有名字的时尚杂志社工作，我对这一点也感到后悔。我对杂志社工作环境的理解来自电视或电影。我并不了解时尚杂志社的工作环境是什么样，或者杂志社工作人员是怎样交流的。我想让艾丽西娅看穿时尚的欺骗性，或者她会将时尚提高到风格的高度，再把风格升华为一种认可，所有这一切都将整齐地排列在优雅而合理的存在框架之下。我佯称她写手套、手提包或是鞋的文章时，会查看相关的历史或是哲学资料。她会觉得那些内容很好笑，但依然会心存敬畏；否则她可能会出于厌恶而选择去威彻伍德大学读一个博士学位，比如，研究18世纪后半叶的中国女性诗歌之类的。但那样一种工作变动又太剧烈，我怀疑我是否有能力让读者接受这种变化，毕竟他们很乐意留在某杂志社光洁、馨香的会议室和走廊里。需要一个事件来引发这样的冲动，一个造成创伤的事件来使忠诚、努力、认真而且真诚的艾丽西娅为了学术放弃时尚界。然后她还得写论文，我就成了一个写女性作家的女人，这将直接导致回声室效应[1]，一种无尽的倒退，就像卫生间洗涤剂上的那个荷兰姑娘，虽然图影越来越多，却一个比一个小。不行。

问题是我觉得我不太相信突发的创伤。常识那道顽固的屏障总是挡在那儿，抵抗着我那套精雕细刻的理论。我们这个物种不是比这聪明吗？我们大脑里的某个地方一定有一个豆子形状的小神经结，能够识别哪些事情相对重要，而且能够将某个我们并不在意的偶然经历——因为是偶然经历所以不在意——与不断积累的知识区分开来，

1　回声室效应在社交媒体上是指在一个相对封闭的环境里，一些意见相近的声音不断重复，并以夸张或其他扭曲的形式传播，令处于其中的大多数人认为这些扭曲的故事就是事实的全部。

而这种积累才是真正将我们推向悬崖边的东西，就像一个小的伤口出血引起另一处出血，直到整个系统崩溃。

我并不会真的去跟汤姆讲这些，他在钻研创伤的问题，希望能发现去年春天发生在诺拉身上的、让她失去了正常生活的那个"事情"，以此来拯救诺拉，或至少理解她。我并不想阻拦他的研究，因为即使没有结果，至少也给了他一个排解的机会。只要他找到了类似的例子，他就可以相信。比如，他确信他的母亲由于诺拉的情况而受到了创伤。他猜想丹妮尔·韦斯特曼也在很早以前遭受过某种童年创伤，她现在已经八十五岁了，仍然会不时感到某种不易察觉的愧疚，或者失落，或者悲哀。

因为汤姆是一个男人，因为我深深地爱着他，所以我没有告诉他我所相信的：这个世界被一分为二，一部分人在出生时或在腹中的时候就被赋予了权利，被表面上随机的染色体进行了编码，他们总是受到肯定；而另一部分人，如诺拉、丹妮尔·韦斯特曼、我的母亲、我的婆婆和我自己等所有未得到编码的另外一些人，我们坚持自我和主导自己生活的权利被剥夺了，取而代之的是对我们身体的强行压制，对我们嘴巴的强行封闭，让我们成为那微不足道的无名之辈，与斑驳绚烂的烟火、熠熠生辉的流星、炫目的大爆炸形成对比。这才是症结所在。

这有些言过其实，我不过是一个摆弄文字的人，对文字背后的虚假有所察觉。这样的感伤多少有些极端、混乱、不严谨、女人气。不过我却想脱口而出，哪怕只是对自己说说而已。脱口而出是一种勇气。我也是刚刚认识到。我总是后知后觉。

从何处

亲爱的彼得（"彼珀"）·哈丁：

这么说您已经去世了！今天早晨，我坐在客厅里一个洒满阳光的角落，从《环球邮报》上读到了您的讣告。今天外面糟糕极了，您肯定都不想知道，收音机里的天气预报突然变得像诗，说现在的天气"刺骨地冷"，听起来像古代盎格鲁－撒克逊史诗中的语言。还有刺骨的寒风，就像老歌里唱的，比垃圾场的狗还凶。

很多年前我曾是一个写作小组的成员，我们的小组长是一个叫格温·雷德曼的女人，她告诫我们要多读讣告，因为讣告里藏着微小的叙事种子，就像不同染色体中包裹着基因一样。它们是对一个人一生的浓缩——格温总是称它们为"油灰"——非常个人化，真实，而且无奇不有。它们能强化小说那单薄的情节，使之难以预测，最终发展成各种难以想象的故事。比如，最近我就读了一则讣告，死者是一位年纪很大的女性，她是 1937 年马尼托巴省的长曲棍球冠军。想想吧：这个女性一直享受着这种荣誉，在第二次世界大战的那些年头里，在动荡的 60 年代，在皮埃尔·埃利奥特·特鲁多[1]、罗纳德·里根和玛格丽特·撒切尔当政的漫长年月里，一直至 90 年代末期。我想那时候她的孙辈们都有了可以上网的计算机，通过计算机搜寻几分钟后，他们发现很多网页是关于几乎要消失的长曲棍球运动的——上面提到了一个名字，就是他们祖母的名字，简直令人惊奇！——那个名字还在时间的废墟里闪烁，一个冠军的名字，一个胜利者。

我很难过，得知您长期与癌症抗争，但如报道所说是"勇敢地"抗争到最后。您的生活如此多姿多彩。我肯定您做梦也想不到在萨斯喀彻温省条件艰苦的农场长大的您会得到道格拉斯·麦克格里格奖学金，最后还到了多伦多，成了

---

[1] 皮埃尔·埃利奥特·特鲁多（Pierre Eliott Trudeau, 1919—2000），加拿大前总理（1968—1979，1980—1984）。

那所精英聚集的私立名校——上加拿大学院[1]里受人爱戴的老师。您对学生"尽心竭力"，所以1975年您退休的时候，学生们在赫德大厦[2]搞了一次烧烤聚餐，这次聚会体现了大家的热情和敬意，时至今日依然是人们谈论的话题。您的妻子凯伊，您的孩子戈尔和伊恩，以及您的三个孙辈都会想念您，还有去医院看望您时坐在呆板僵硬的钢椅上的那些老同事也会想念您。

讣告结尾说，在最后的日子里，您床头桌上的那一摞书是您的安慰。您不能没有这些书。马克·吐温、杰克·伦敦、辛克莱·刘易斯、菲茨杰拉德、海明威、福克纳、乔伊斯、贝克特、T. S.艾略特、莱昂纳德·科恩——对您而言，他们的作品构成了"整个宇宙"。另一个"整个宇宙"是通过临终关怀医院提供的耳机传达给您的，您的家人为此表示感谢：巴赫、贝多芬，还有莫扎特，他们的音乐伴着您走到最后。

我最近的日子有些凄凉，哈丁先生，彼珀。（难于对付的青少年问题，以您的教学经验和做家长的经历，应该多少可以理解。）我也渴望能得到"整个宇宙"的安慰，可是我不知道怎样装配这样一个宇宙，我的大女儿也不知道。我感

1　位于多伦多，加拿大著名私立男校。
2　多伦多大学的学生活动中心，北美最早的学生活动中心之一。

觉整个安排存在某种不完善，就像铜像在铸造车间裂开了一样，像一件注定会由于某种无形的缺陷而破碎的手工艺品。而且我感到恐惧，害怕我会失去某种东西，害怕诺拉也会失去某种东西。

永别了，安息吧。保重，就像斯威士兰人所说的那样。我的朋友萨莉·巴切利在那里待了一年，教村子里的女性自己做衣服。她们管这种衣服叫四时衣，因为手工缝制一件衣服需要四个小时，是萨莉自己设计的款式。

致以悼念

丽塔·海沃斯

奥兰治花城

立　即

"莉塔！"

"阿瑟。"

"希望我来得不太晚。车堵得厉害，而且出租车走错了，司机以为我要去的是奥兰治维尔，不是奥兰治镇。这两个地方好像完全不同。"

"相距十五英里，特别容易搞混，快进来吧，怪冷的。把大衣给我吧。我还以为你年纪会更大一点呢。"

"三十九。你是四十四——我查过资料。"

"几乎是同龄人。虽然还差一点点。"

"这房子太棒了。烧木柴的烟味，我能闻到木柴的烟味。嗯，壁炉在那儿，那种好闻的味道是从那里来的。"

"我想我们可以坐着——"

"没有什么能和柴火相比。烧的时候噼啪作响。在纽约只有少数幸运儿才能有——木柴贵得要命！10 加元钱只能买四小块，当然是那种特别特别好的木柴，山核桃木——莉塔，这房间真太好了——这些漂亮的窗户——天啊，天已经快黑了——还不到四点半——当然啦，你们更靠北——所以会不一样。"

"喝咖啡吗？我刚——"

"咖啡，嗯。"

"或者，你刚从冰冷的出租车里出来——也许——有点早，不过或许你会愿意来杯红酒。"

"我不想让你单为我开一瓶酒。"

"我们肯定有一瓶打开的。我只需——"

"这是你工作的地方？"

"哦，确切地说不是在这个房间。这是客厅。我在三层有一小块地方可以——"

"啊呀！"

"希望你对狗不过敏。"

"不过敏，我只是——吓了一跳。"

"它根本不会伤害人，是吧，佩特——它的性情极其温顺，尽管训练它的卫生习惯费了不少事。我们叫它佩特。"

"你的家人呢？他们这会儿在家吗？"

"女儿们再过一个小时左右回来。她们今天下课后有游泳训练。我丈夫汤姆一会儿就回来。希望你能和我们一起吃晚饭，就是一顿便——"

"我很愿意。很荣幸受到这么热情的款待。我不想给你们添麻烦，不过——这渐渐暗下去的光线，树后边那隐约可见的玫红色，一定会令人感到宁静，好吧——我不喜欢灵感这个词，都成陈词滥调了，不过眼前的景象让我觉得可以相信灵感这个词了，住在这里，这般安宁，这些橡树和枫树，生活每天不紧不慢地前进——非常感谢——季节的更迭——噢——漂亮的淡红色酒，这样的红酒下午多早喝都不过分。为新的书稿干一杯——为艾丽西娅和罗曼！对了，告诉我，你进展得如何？"

"我今早打印出来了，就是这些，或者说大部分就是这些了。"

"我看看。嗯。重量说明了一切——300页——天啊，莉塔，从我十二月读过以后你又写了不少嘛。很不少。"

"我还有一大堆事要干。修修补补。还有最后一章要写。"

"对，最后一章。重要的最后一章。"

"在某种意义上是最难的一章。"

"我完全同意。最后一章很关键。小说家是干什么的？为读者提供结局？或者展开一个故事让老天决定会发生什么？"

"你是说——"

"我把最后一章当成一个瓷窑。莉塔，你已经做好了陶罐，陶泥还具有可塑性，但结局将硬化你的文字，让它们变得恒久而美丽，或者美丽而缥缈。"

"你这么想可真有意思。那天我还想到铜像有时会在铸造过程中突然开裂。现在你提到了窑里的陶罐——"

"我是打个比方。"

"我也是。"

"莉塔,我就知道我们会是志趣相投的人。可是我要告诉你,我更希望你不要提供确定的结局。你知道,一个确定的结局可能会使罗曼寻找自我身份的历程大打折扣,那个过程还未结束,是一种永恒的追寻。"

"我再给你加点酒吧?"

"谢谢。这红酒真不错,不甜腻,正适合我们第一次面对面地交流,否则这种交流可能很困难。"

"我想让你知道,斯普灵格先生,我非常乐于接受编辑的建议。"

"请叫我阿瑟。我很高兴你不反对编辑提建议。我知道斯克里巴诺先生没有真正编辑过《我的百里香出苗了》。当然了,他是名义上的编辑,但据我了解,他对整个作品并没有做什么修改。"

"他倒是让我将一个很长的段落分成两部分,我觉得那是个很好的建议。我很高兴——"

"我想我在电话里告诉过你,我更喜欢亲自参与作者的工作。为了作者好,也为了斯克里巴诺-劳伦斯出版社好。把书弄得尽可能好,也是作者和编辑的一致希望,莉塔,你同意吗?你读过《萌芽》吗?我对自己能参与编辑那本书感到自豪。我觉得那本书堪称喜剧小说的典范,但却不失对中心意象的关注。"

"那中心意象是——?"

"是对自我身份的寻求。自我身份。"

"自我身份可以是——"

"自我身份是我们生活中最主要的难解之谜,一个关于自我的神秘问题,不可避免地会屈从于它自己具有讽刺意味的命运。这命运就是:自我是永远不可知的。这是我们生活的不幸,就这么简单,《萌芽》就是一部深刻体现这种状况的作品。我承认作为一部作品它是 un succès d'estime[1]。我说的是法语，意思就是——"

"我懂。"

"它确实不是畅销书。一个酷爱电视的国家不会认真对待艺术，只要'快餐艺术'存在，就不会。可是我是认真的，莉塔。我想让你知道，作为你的编辑，我非常看重文学及其至高的宣言。我相信你也一样。实际上我知道你也一样。"

"让我给你再倒一杯吧。"

"极好的酒。瞧——让我来解释——我要跟你全说明白。斯克里巴诺－劳伦斯出版社——我很高兴地声明——我们不需要出版赚大钱的书。"

"可是你们肯定会关注书的销售以及读者——"

"我们现在正好处在一个有利的状态。你听说过约翰·洛德·摩根吗？还有威尔弗雷德·拉伦佐？"

"好像听说过，不过实际并没有——"

"他们都是我们出版社的作者。摩根写法庭故事，拉伦佐写星际奇幻小说。我们很高兴他们在我们的作者名单上。他们能赚很多钱，足够养活出版社的其他作家。我们的严肃文学作家们，我们的金边书作家们。"

"你的意思是——"

"我的意思是我们想要的是优秀的小说，莉塔。"

1　虽然受到好评但并不为广大读者所接受。

"而不是——"

"而不是通俗小说。"

"噢。"

"我们希望出版你的书稿。我们已经准备好了。我不想让你在这一点上感到疑惑——"

"可是——"

"可是你必须明白《盛开的百里香》可以成为我们时代的标志性作品之一。可能性很大。你的书稿可以成为一部里程碑式的作品。万事俱备，只需在两三个地方转换一下视角，你就可以将一部通俗小说变成一件艺术品。"

"金边书。"

"一点不错。我就知道你会赞同的。毕竟你是个聪明的女人，这部书稿离伟大只有一步之遥，不转过这道弯就太可惜了。莉塔，我们有机会将它变成一部伟大之作。这就是我为什么会大老远跑到北边来。就是为了告诉你，你的新小说与你的第一部小说不同。《我的百里香出苗了》完全是另一回事。"

"可是它得了欧芬登奖。"

"不错。"

"而且这本新书是那本书的续集。"

"这是我们需要转的第一道弯。或许我可以再来点酒。好，很好。续集一般只能赚到前一本书三分之二的钱，你知道吗？"

"可是你不是说钱不是问题——"

"不是问题。你的第一本小说卖得很不错，虽说不是几百万，但印数也可以说相当可观。而且平装本也相当不错。但你手头这部书稿的级别完全不同。这部书稿，摆在我们面前的这些纸页是关于当代世界的核心道德观的。我认为我们出书的时候不要用你建议的书名《盛开的百里香》，这一点特别重要。我更喜欢只用《盛开》。"

"只用——《盛开》？"

"这个词多好啊！给人以联想，但又不是明明白白都说出来。你知道，这个词指向《尤利西斯》中的布卢姆，利奥波德·布卢姆[1]，那位伟大的凡人。"

"可是我的书名关系到——"

"关系到轻小说。这就是为什么经过过去两周的思考，我觉得用一个笔名更好。问题是需要找一个合适的。你结婚前的名字叫什么，莉塔？你有中间名吗？"

"莉塔·露丝·萨默斯。"

"太好了，我喜欢萨默斯。和《盛开》配在一起特合适，不是吗？布卢姆日[2]等。都在六月。如果我们能把这些要素明确地联系在一起，就能看到这里有一种超现实的血缘关系[3]。我们斯克里巴诺－劳

1　利奥波德·布卢姆（Leopold Bloom）是爱尔兰作家詹姆斯·乔伊斯（James Joyce，1882—1941）的作品《尤利西斯》中的主人公，是作者刻画的一个典型的反英雄人物，一个凡夫俗子。"布卢姆"与"盛开"的英文都是 Bloom，所以这里说二者相关。

2　布卢姆日（Bloomsday）是为纪念詹姆斯·乔伊斯及其小说《尤利西斯》而产生的节日，在每年 6 月 16 日。

3　"萨默斯"英文是 Summers，是"夏天"的意思，《盛开》以及 6 月 16 日的布卢姆日也与夏天相关，所以说有血缘关系。

伦斯出版社可以以 R. L. 萨默斯的名字将你重新包装推出。我喜欢这个名字。听起来很实在，而且新鲜。新作家，新发现：R. L. 萨默斯。"

"可是只用首字母，听起来像个男作家。"

"这有关系吗？你描述的是一个具有普遍意义的主题。你已经超越了性别的世界。"

"可是这本书——好吧，艾丽西娅对性别问题可是很认真的，至少以她自己那种迷迷糊糊的方式。"

"迷迷糊糊，嗯。那倒是，那倒真是。不过即使在这个阶段我们也可以让这本书来个扭转，让它朝具有普遍意义的方向发展。莉塔，我有许多想法想告诉你。第一是——"

"你的话听起来就好像我们要重写整本书似的。"

"只是做一些微调，没别的。莉塔，都是现成的，所有的都已经有了。"

"我原以为——我一直都以为这本书——差不多完成了。我正准备写最后一场戏——"

"别，可千万别。别动它。我们就几个校订问题讨论一番后再说。求你了。我们可以让这本书成为新世纪的一部伟大著作。"

"可是我过去一直——"

"你一直在写一部轻喜剧小说。可是你却做了完全不一样的事情。你写出了一篇文学宣言，它将成为以后世世代代读者的财富，如果你现在就……将会是一个灾难——"

"那我们现在需要做什么？"

"我把要做的事情列了个单子。我们来过一下。首先是罗曼。他的角色需要扩充。他的内心。他想到父辈生活过的土地上去看看的愿望。我认为这是小说的中心。"

"但是艾丽西娅才是小说的中心——我以为你——好吧，你说过你赞赏她的美善。你在电话上说过，记得吗？"

"美善的，但不是伟大的。这是谁说的？"

"丹妮尔·韦斯特曼。"

"是吗？我没读过这位老太太的作品，不过我知道斯克里巴诺先生曾经帮助过她。"

"她八十五岁。是一位威望很高的作家。她真的特别——"

"不知你是否介意把罗曼从一个长号手变成一个小提琴家。我是觉得小提琴可能更高级，像这种小改动我认为不会有损你原来的——"

"啊，我觉得不行——"

"你觉得他在第一部小说里是个长号手，所以现在也还得是长号手。但是，莉塔，要是我们不考虑续集的话，罗曼变成什么都可以。他甚至可以当乐队的指挥，或者是作曲家、歌唱家。"

"那威彻伍德市——"

"可以很容易地换成纽约，或者波士顿。芝加哥怎么样？也许应该换成芝加哥。甚至多伦多。当然了，如果换成多伦多，读者就有可能减少——"

"哦，我不认为会减少，现在和以前不同了。"

"到了中年他突然想要得到更多。他渴望得到更多。"

"谁？"

"罗曼。"

"噢。"

"我真的认为我们应该尽量减少闹剧式的场景，虽然这些场景写得很好。就像伍迪·艾伦[1]曾经说的——现在已经不再被人们引用了——喜剧作家只能跟孩子们坐在一起。"

"可是我觉得罗曼不是个严肃的——"

"他的父母是移民。他们牺牲了自己的语言和文化。想想吧。但是他却受了教育，成了音乐家。他对女人来说很有魅力，他的头发，他结实的身体，还有他活跃的大脑。他的第一次婚姻失败了，后来他遇到了艾丽西娅，可是她却偏偏在时尚界工作。他鄙视那里的一切。他们绝不能结婚。"

"在这一点上我完全同意你的意见，他们绝不能结婚，但是——"

"我很高兴你在这一点上和我意见一致。"

"但是，其实是艾丽西娅看出了——"

"艾丽西娅不能理解罗曼想和他的家庭，想和他所继承的一切重建联系的需求。他真正爱的当然是巴松管乐手西尔维娅·伍德奥。她一出场我就看出你在那儿埋了伏笔。西尔维娅以及她那不同凡响的精神。她懂得罗曼的需求。那种深入男人灵魂的需求。我的意思是，罗曼应当成为这本书的道德核心。你肯定能看得出，艾丽西娅虽然有魅力，但无法胜任这一角色——她写有关时尚的文章，她和她的猫说话，她练习瑜伽，还做焙盘米饭。"

1　伍迪·艾伦（Woody Allen，1935— ），好莱坞著名导演，编剧，制作人，喜剧演员。

"因为她是个女人。"

"这根本不是问题所在。当然你——"

"这正是问题所在。"

"她无法声明——她不自律——她无法像罗曼一样专注——她会改变主意——她缺乏——一个读者，我心目中的严肃读者绝对不会把她当作一部严肃的艺术作品的关键支点。这部作品的作用是批判社会，像充满必然性的命运画卷般徐徐展开，娓娓道来。"

"因为她是女人。"

"不是，根本不是。"

"因为她是女人。"

正 当

"因为她是女人。"我说。可就在这时，三件事情差不多在同一时间发生了。阿瑟·斯普灵格举起胳膊礼貌地表达异议时，把咖啡桌上的葡萄酒瓶碰翻了，红酒浸湿了早报——染上了一大片酒渍，幸好剩的红酒不多——佩特被吓坏了，直往后退，最后躲到了小玻璃桌的后面，卧在那儿，一边喘气一边发抖，把脸埋进它的爪子里。

这时，娜塔莉和克里丝汀从前门走了进来。她们吵吵闹闹，对我来说似乎比平常更聒噪。她俩胡乱脱了靴子，将书本扔在地板上。"破地方。"我听见克里丝汀喊道，然后她们两个笑起来，笑得不能自已。引她们发笑的事情好像跟我们的邻居薇洛·哈利迪有关，她好心开车带她们回来，因为她们误了校车，汤姆没有去接她们。

我正要向阿瑟·斯普灵格介绍她们，但注意力却被电话的铃声打断了。我走开时，阿瑟正用他的手绢擦拭洒出的红酒——是白色的麻手绢，我突然意识到，现在很少看到人们用真的手绢了。佩特紧跟着我进了厨房，发抖的身体紧靠着我的腿。

电话是汤姆打来的。"你在哪儿？"我问。

"别担心，一切都好。"他急促地说道，我一听就知道肯定出了事。

"可是——？"我跌坐到椅子上。

"是诺拉，她得了肺炎。会好起来的，她现在在睡觉，可是——"

"她在哪儿？"我喘不上气来。

"在多伦多综合医院。她受到了很好的照顾，治疗也很有效。"

"我马上就去。"我脑子转得飞快，"我一个小时后到。"

"我在她的病房等你。病房号是西配楼434。可惜没有单人病房——"

那不重要，那不重要。

"开车注意安全。"他严厉地说。

"把大衣穿上，"我同样严厉地对女儿们说，"诺拉得肺炎住进了医院，现在你们的爸爸和她在一起。"

对阿瑟我说了——不太记得我说了什么。大概是告诉他有紧急情况，我不得不马上走。（我已经穿好了衣服，正忙着穿鞋。）我对他匆匆说了些主人应说的话，大概意思是：愿待多久就待多久，别拘束，冰箱里有食物，意大利面在那个蒙了塑料膜的白碗里，只需加热一下就可以，柜子里还有葡萄酒，有很多烧火用的木柴，我也不知道多会儿能回来。

我对他并不担心，一点都不。我们立刻就上路了，克里丝汀坐在后面，娜塔莉坐在我旁边的前座上。在黑暗、结冰的路上我尽可能壮起胆子快速开着，先是进了奥兰治镇，又从另一头出去，上了灯光忽明忽暗的高速公路，一直向南驶去。在我们前方，远处那片朦胧的粉色灯光便是多伦多市。这会儿路上车多了起来，我们三个大部分时间都沉默不语。我们根本没想斯普灵格先生，也根本没想过他是否自在或者方便。我们把斯普灵格先生完全忘了，也忘了我的婆婆，后来才知道他们两个之间发生了什么。

他的确没有拘束。他真的又开了一瓶葡萄酒。我将开瓶器放在了餐厅里一个很难想到的地方，在一件本地产的漂亮陶器后面，但他竟然找到了。然后他一定是到处找电视。那会儿六点了，到了莱勒的《新闻一小时》开播的时间。在那儿！他在书房里找到了电视。遥控器在旁边的小桌上——总是放在那儿。他可能在那张灯芯绒面的翼状靠背扶手椅上坐下，手里端着酒想：天哪。我为什么在这儿？我怎么会到了这个地方？

慢慢地他意识到有人一直在敲后门。他对房子不熟悉，所以费了一小会儿工夫才搞清楚敲门声是从哪儿传来的。佩特当然还是缩在厨房里，还没有从刚才酒瓶叮当倒下的惊吓中完全恢复过来，对房子里的陌生人还充满警惕。

敲门的是洛伊丝，她手里端着一盘面包布丁，盘子是五十年前的长方形百丽耐热玻璃烤盘。

她推开门进入温暖的房子里，说明自己是谁，说她一直在等红色的窗帘拉上，那是吃晚饭的信号。后来她有点不放心，心想应该过来看看情况。她看见电视一闪一闪，所以知道家里有人。她打过电话，但没人接听。当然她也知道有客人要来吃晚饭，所以她做的甜点比平常大。她希望阿瑟喜欢面包布丁。

斯普灵格先生解释说他把音量调得很高。他也解释了他是谁，为什么会一个人在这房子里，别人都去了哪里。他一再道歉，说没有听到电话铃声他很抱歉。他也不忘说非常高兴能和莉塔的母亲不期而遇。

她纠正说她是莉塔的婆婆。莉塔嫁给了她的儿子汤姆。好吧，算是嫁给了汤姆吧。

噢。

诺拉得了肺炎，她自言自语。好吧！肺炎曾经是很严重的疾病，但现在抗生素就能对付，人们很快就能下床活动。不过，还是会令人担心。

斯普灵格先生确信诺拉会好的。

洛伊丝嘟囔着说诺拉这个最大最亲的孙女情况不太好，有一阵子了，她的情况一直不太好。然后她看见了佩特。可怜的家伙。有没有喂过它啊？

斯普灵格先生感到很抱歉，他没有想到狗，他不知道该做些什么。他没有动物缘，动物好像都怕他。他还坦率地承认自己都忘记了屋子里还有狗。

像所有的金毛犬一样，佩特很贪吃。它会很开心地吃完它的晚餐，然后打一个大大的饱嗝。洛伊丝说："我来照管它吧。"她把大衣挂起来，然后开始忙活起来。佩特通常六点半吃晚饭，然后它喜欢出去溜达一会儿，它从不会离开我们家的地盘，它非常清楚自己属于哪儿。

比我们大部分人都更懂得归属，斯普灵格先生回答说。他的回答富有哲理。

是的，洛伊丝赞同地说，确实是。然后她提议他们先吃点什么。莉塔和女儿们多久才能回来还很难说。

斯普灵格先生记得冰箱里似乎有意大利面。他没有记清楚具体的细节。情况发生得太突然。

洛伊丝开始忙着用微波炉热意大利面，她让斯普灵格先生接着看电视，晚饭一会儿就会准备好。

他想帮忙。他一直在看新闻，没什么意思。什么都没发生的一天，这样的日子不太常见，但时不时会有。

是啊。洛伊丝在这一点上肯定完全同意。

就好像上帝要让我们休息一天，斯普灵格先生说，或者为了达到类似的效果。

洛伊丝盯着他光滑的、刚毅的脸，说她总是能从第一条新闻中看出一天发生了什么，如果第一条新闻是关于冰球头盔的新安全标准的话，那就说明没有发生可怕的事情，没有炸弹、谋杀、暴乱和火灾。

我喜欢那些什么都没发生的日子，斯普灵格说。

我也是。

太少了。

洛伊丝提议就在厨房的餐桌上吃饭，反正就他们两个人。

好主意。斯普灵格先生坚持要帮忙，请洛伊丝告诉他刀叉在哪里——

她将光线调暗一点。她一边把意大利面盛到两个加热过的盘子里——她很会加热盘子——一边说莉塔做了她常做的洋蓟意大利面，里面配有黑橄榄、西红柿丁和阿齐亚戈干奶酪。莉塔在不确定客人是不是素食者时，就会做洋蓟。这样保险。除非客人是那种连奶酪也不吃的人，就是他们说的全素食者，不过谢天谢地这样的人倒是没有多少。

斯普灵格先生给自己又倒了一杯酒，不过他先给洛伊丝倒了一杯。他眉头一挑问她要不要来点，洛伊丝点了点头，然后两人同时坐下，就好像谁敲了一下锣似的。

斯普灵格先生身体向前一倾，说："洛伊丝，现在给我讲讲你的故事吧。"

始　于

就这样，她开始讲述。从多年前她看的一部话剧开始，她记不清剧名了，也记不清她喜不喜欢那部话剧了。在她正前方的观众中坐着一对年轻夫妇。女的苗条美丽，说话声音低低的，微笑着将头倾向她年轻的男人。而他的眼睛几乎无法离开她。在整场演出中他一直握着她的手，饥渴地摩挲着。有好几次，当演员大声喊叫或是在舞台上冲来冲去时，他就将她的手举到他的唇边，一直在那儿举着。洛伊丝从来没见过一个男人和一个女人之间如此这般柔情。那晚她几乎夜不能寐，有好几次她将自己蜷着的手放到嘴边，压在嘴唇上。那时她大约四十岁，是一个妻子，有一个儿子。

十二年前她守了寡，但是她从不用那个词，她知道那样听起来很可怜。她会说："我丈夫是在 1988 年去世的。从那时起我就一直一个人。"

冬天的时候，她常常会在厨房里，看着窗外那些掉了叶子的老橡树中最高大的一棵。但也不是一片叶子都没有。有一片棕色的叶子——只有一片——还留在树上。风吹啊吹啊，但那片小叶子就是不肯松手。对于这片叶子你可以有两种想法。一种是这片叶子格外健康强壮，另一种是它有缺陷，无法启动那种使它落到地上的生理机制。其他所有正常的叶子都埋在了雪里。没有落的叶子是不正常的，是一种病态。就像佩特差一点点就是真正的金毛犬了，它的个子比标准的公金毛犬矮两英寸，对于这个品种而言，一寸以内的误差才算可以接受，不过洛伊丝倒是一点都不在乎。

她希望斯普灵格先生喜欢美味的面包布丁。她有一张一百种甜点的单子，按照字母顺序放在一个食谱盒子里，第一种是烤杏仁苹果，后面有枣布丁，再后面有糖霜果仁慕斯（冷冻），最后一种是烤干面包片酥皮乳酪蛋糕；一年中她轮流做这些甜点。现在不好找那种烤干面包片了，不过用全麦粉薄脆饼干代替也可以。不过，食材的季节性也就意味着甜点不能按照字母顺序来做。有一次她偶然听到孙女克里丝汀嘲笑她的甜点单。从某种意义上来讲她能理解，但她还是觉得克里丝汀挺刻薄的。

她生汤姆的时候煎熬了二十四个小时。肚子刚开始疼的时候她便坚持让丈夫立刻开车将她送到医院。"阵痛间隔十分钟？"接待员冷冷地说。"难道他们没有告诉你等阵痛间隔五分钟的时候再来吗？"从另一层楼传来一个女人叫喊的声音。"那个女人是在生孩子吗？"洛伊丝问接待员。她翻着白眼说："是意大利女人在生孩子。"

她的大孙女叫诺拉·夏洛特·温特斯，是个漂亮的宝贝。夏洛特取自莉塔的一个年纪轻轻就死于车祸的朋友。洛伊丝从没见过夏洛特这个人。她自己也出过一次车祸，其实只是把挡泥板撞弯了，不过也吓得不轻。所以后来她就不开车了。

有一个叫克丽丝特尔·麦金的女人曾经住在隔壁。一大家子人，至少有四个孩子，都是吵吵闹闹的十多岁的年轻人。有一次克丽丝特尔邀请洛伊丝过去喝咖啡，她问洛伊丝上的哪所大学——不是"是否上过大学"，而是"上的是哪所大学"。麦金太太上的是女王大学[1]，学的是经济。洛伊丝没有告诉麦金太太她自己在多伦多上了六个月的秘书专科学校，然后和还是个年轻医生的丈夫结了婚，搬到了奥兰治镇。她觉得克丽丝特尔直接问哪所大学显然太过分了。从那以后，她们就再没怎么见过面，只是偶尔打个招呼。她现在有点后悔。她意识到麦金太太的问题并非出于恶意，只是不够圆通而已。

特别是考虑到洛伊丝是医生的妻子。医生的妻子还是有一定地位的，至少在过去是这样。她养成了提醒自己的习惯，站在客厅的镜子前，收紧腹部，然后用悦耳的声音说："我是医生的妻子。"

有一次她做的德式蜂蜜蛋糕在奥兰治镇商品交易会上获了奖。她登记参加比赛的时候，有人建议叫瑞士蜂蜜蛋糕。她同意了。不过，又有什么关系呢？——反正她得了奖。奖品是一条蓝色绶带，几年后她丈夫在打扫阁楼的时候不小心扔了。他感到非常抱歉。

她喜欢《奥普拉脱口秀》[2]节目。她的一整天都围绕这个节目来安

1　女王大学（Queen's University），加拿大一所著名大学，位于安大略省的金斯顿市。
2　《奥普拉脱口秀》是美国的一档著名电视脱口秀。

排。最近因为看《奥普拉脱口秀》，她找到了新的勇气。

她的孙女诺拉，她最喜欢的孙女——这个孙女从骨子里就讨人喜欢——正在经历一个艰难时期。她自己懂得艰难时期是怎么回事。刚刚五十岁出头那阵子，她不想烤东西了，在床上躺了两个星期。她丈夫想带她去梅奥医学中心[1]，他就只懂得谈论什么梅奥医学中心。后来有一天她起了床，把卫生间彻彻底底地清理了一遍。大搞卫生使她正常起来，从那以后，她就学会应对了。

最近情况又有点特别。她不能说话。她不信任自己。因为仿佛一张嘴就会说出不好的话，会伤害别人的感情。对发生在诺拉身上的事情她有想法，可是她不想让任何人知道。他们会认为她疯了。人们认为女人应该坚强，可是她们实际上并不坚强，她们没办法坚强。她们被那易受影响的身体组织的纤维、薄膜和软垫拖累，没有一点希望；女人很容易受伤，致命伤，如果你开口的话就会受伤。

另一方面，她知道诺拉最终会没事的。只是个时间问题，当然肺炎还是有些让人担心。她希望莉塔会打电话过来。不过她很高兴在一个冬天的晚上有人陪伴。面包布丁就柠檬酱，一杯茶。她一直跟他絮絮叨叨的。一点也不像她。她也不知道怎么开始的。

总体来说她相信事情总会朝好的方向发展。难道斯普灵格先生不这么认为吗？

1　梅奥医学中心（Mayo Clinic），是美国著名的非营利医疗机构。

已 经

"是烧伤。"汤姆指着诺拉的双手和手腕说。诺拉睡着了，鼻子上连着氧气管，像躺在玻璃柜里的白雪公主，我和两个女儿像好奇的小矮人一样围在她的床旁。她脸上的皮肤惨白浮肿。有人给她梳过头，所以她的头发整齐地铺在枕头和肩膀上。她身上套着医院的蓝色病号服，衣服带在脖子后面系了个结。我亲爱的诺拉啊。我坐在一张模压塑料椅子里，如此靠近她，就好像在天堂一样，即使她的肺里仍然有部分积水。

自从我们来了以后她就一直睡着。肺炎还没有痊愈，但已经控制住了——让人着实放心不少——不过看到白色被单上她那发红的、带有疤痕的双手时，我感到很担心。我感到在这个房间里，自己像个偷窥者、侵入者，我的女儿随时会睁开双眼谴责我。可是谴责我什么呢？

"严重的混合二度烧伤。"我模糊地听到汤姆继续说道。他小心翼翼地将语调调整得柔和，他的声调让我回想起我们在屋后树林间散步

251

时的情景：夏日的灌木丛上长满叶子，脚下的土地很松软，就是那次他告诉我母亲的癌症扩散了，已经到了肺部，她活不了多长时间了，只剩一星期左右。

"你看她双手的手背都感染过，"他平静地说，"有好多疤痕，如果伤口得到适当处理，有些疤痕本来是不会有的。"

什么时候烧伤的？为什么我们以前没看到她的手这样？这些问题有些是德维托医生问的，他是诺拉的主治医生；有些是希望青年旅馆的弗朗西丝·奎因问的，是她昨天傍晚注意到诺拉已经咳嗽了好几天，需要看一下医生。我和汤姆都记得以前看到过诺拉发红的手，我们以为是疹子或者冻疮。

"她总是戴着手套，"娜塔莉提醒我们，"甚至在去年夏天特别热的时候——七月中旬时她也戴着那双宽大的旧园艺手套。"

"对，"克里丝汀说，"我们当时就觉得怪怪的。"

"没错。"我说。园艺手套——去年四月我们第一次在巴瑟斯特街和布卢尔街的十字路口找到她的时候她就戴着那种手套。4月11号，是个星期二，那是个我永远也不会忘记的日子。我以为她戴那种手套是为了保护双手，以免在粗糙的人行道上受伤。她一定默默忍受了许多疼痛。

那天早些时候，弗朗西丝·奎因告诉汤姆说诺拉睡觉时也戴着手套，在青年旅馆的每个晚上都戴着。工作人员觉得奇怪，可是青年旅馆中的好多人都比较乖僻。

那她在餐厅吃饭的时候呢？

吃饭的时候她会脱掉手套。

那她的手是什么情况？

发红。看起来像疹子。其实，是身体组织受到了破坏，是愈合的一个步骤。有人——一个志愿者——记得她刚到的时候手上缠着绷带，最开始的一两个星期。

那究竟又是什么时候？

所有信息都在她的档案里。她第一次到希望青年旅馆是在4月12号——不过我和汤姆已经知道这个了。按规定一般人只允许待三个月，但是诺拉不闹腾，又随和，谁也没注意到她已经住了很长时间。谁也没有提出反对。

"我认为那些烧伤至少有六个月了。"烧伤科的德维托医生说。

六个月。这将我们带回到初夏，甚至春天。

"不知本·阿博特是否知道她被烧伤的事情。"我说。提起诺拉过去的男朋友令我很不舒服。那个名字卡在我的喉咙里。不去想他我会更好过一点。

"我已经给他打过电话，"汤姆说，"今天下午早些时候。他根本不清楚她是怎样烧伤的。他非常确定。我只能相信他的话。"

"她还在疼吗？我是说她的手。"

"可能不疼。不过这些烧伤没有治疗过。你可以看到上面已经长出了粗糙的皮肤。"

这会儿快到午夜了。房间里的陈设给人一种坚硬冰冷的感觉，房顶的角落里映着拱形的影子，只有一盏小灯吊在诺拉病床的上方。帘幕那边的另一张病床上，一个素不相识的人裹着被单翻来覆去，不时呻吟一声，做着噩梦，用我听不懂的语言嘟囔着。

这时我才想到应该给我的婆婆打个电话，告诉她我们今天晚上不回去了。诺拉情况还行，不过我们还是要待在医院。在走廊的另一头我们找了一个家属房间，女儿们准备上床睡觉了。

不知为什么洛伊丝听起来特别开心，尽管我把她从沉睡中吵醒了。"不用担心佩特，"她对我说，"我喂过它，也把它放出去跑了一会儿。"我答应早晨再给她打电话。挂了电话后，我记起来我没有问阿瑟·斯普灵格的情况。我已经忘了他的存在。

"你也应该去睡一会儿。"汤姆对我说，用手轻轻抚了一下我的脸。

"我不能去。我就坐在这儿。万一她醒了。"

汤姆不再劝我。他要打一两个电话，还说要在网上查点东西。

每隔一个小时左右，会有一个护士过来记录一下诺拉的脉搏。她穿着胶底鞋，毫无声息地进来，又毫无声息地出去。一切都好，一切都好，她冲我点点头。她一切都好。

我可能在椅子上打了一会儿盹，不过我也不确定。两点，然后三点。娜塔莉和克里丝汀在家属房间睡得很熟，汤姆也是。我坐在椅子上，盯着诺拉的脸。我的脑子有一会儿溜号去想艾丽西娅和罗曼，还有他们在威彻伍德市注定无法如期举行的婚礼。我意识到我并不在乎他们会怎样。他们的生命转瞬即逝；他们可以像一滴滴水银一样滑来滚去。我不再需要他们了。他们不值得人们关注，更不值得我关注。

快到三点半的时候，诺拉睁开了眼睛。

我俯身吻她的脸颊。"诺拉。"我说。

她朝我微弱地笑笑，然后伸出手，用她粗糙的手抓住我的手腕。

"诺拉，"我又急速地说，"你醒了。"

她的嘴做出一个字的口形："是。"

迄 今

亲爱的拉塞尔·桑德尔：

最近我在订阅的一本月刊杂志上读到您最新的短篇小说。故事讲的是一位搬到了洛杉矶的捷克哲学教授。他发现美国文化粗糙、浅薄而且杂乱无章，讨厌的快餐，受到侵蚀的英语口语，特别是在经过洛杉矶一个医疗用品商店时所经历的奇耻大辱——他在橱窗里看到一件义乳和其他商品赫然放置在一起。竟未加任何遮掩，就在那里。这对他所珍视的一切无疑是重重的一击。那个可鄙的玩意儿就晃里晃荡地挂在那儿。还有一个大牌子上写着"义乳"两个字，就好像生怕他不知道那是什么似的。就在最前面，在他的眼前，好像是故意要刺激他那敏锐的感觉似的。他感到厌恶，接着是恶心。

用不着惊慌，桑德尔先生。

义乳和其他胸罩一样。干净，缝制精细，通常是棉质的。您多次提到，您那位教授人物曾生活在欧洲，在那儿，街边的晾衣绳上到处挂着女人的胸罩。在地中海微风中晾晒的胸罩就像是意大利国旗、法国国旗、葡萄牙国旗。义乳唯一的特别之处就在于它有两个小口袋，用来把替代真乳房的东西塞进去。使用义乳的人大多是因为罹患乳腺癌而切除了乳房。有些女性——比如像艾玛·埃伦——切除了双乳，所以她们把裹在塑料薄膜中的成型胶冻状假体装在两个口袋里。艾玛失去了丈夫（雷击）、儿子（自杀），现在又失去了身体的一部分。她把义乳称为她获得的精神填补。她买新义乳时我和她一起去的，买了一件黑色的，一件淡褐色的。商店是多伦多北面一个小小的店面，在那儿，如果您想要，也可以买到男人的假胸毛一类的东西。

您故事中的捷克教授不明白，为什么自己会对面前的义乳感到难以忍受。我替您说吧：他恨女人，他对女人的恨延及所有能接触到女人身体的东西——她坐的椅子，她穿的衣服——特别是女人用墨水写下的东西，自怜、无趣、苛刻、封闭、缺氧。

我感到非常愤怒，可是您的教授却说他害怕冒犯别人。我今年已经给那些以这样或那样的方式让我生气的人写过好几封信了，不过我都没有寄出去，甚至没有署名。因为我不想被杀死，因为您的教授差点杀了他的妻子，他拿一把小折刀对准了熟睡的妻子。可是现在，即使您杀了我我也不在乎了。我经历了与女儿疏远的煎熬——她现在回家了，平平安安——我们分离的那段时期，仿佛一直有一把冰冷的刀插在我的胸口。

正好她在生活中碰到了创伤性的事件。她的父亲认为这件事就是她抑郁的起因，他大体上是对的。将这个事件和女儿生活中没记录下来的一天联系在一起，是把事情弄明白的关键。那个春日和其他任何一天没有什么两样。可是那一天是特别的一天。那一天是历史性的时刻。报纸上报道了那一天，但是我们不知什么缘故没有仔细去读。但因为有录像，我们得以回放，看到了那场悲剧，也明白了那种力量如何强行夺走了一个青年女子的正常生活，使她陷入了无尽的悲哀之中。

我自己的理论是——在我们得知那个可怕的事件之前——诺拉已经懂得了那逐渐累积的失望，在她快二十岁的时候突然醒悟，感受到一种没有归属感的孤独，最终明白了她的发言权少得可怜。曾经有过迹象；她曾经焦虑不安，变得内向，像所有人那样回避自己所知道的，发现，然后排斥。但是也可能是我自己的恐惧把她压垮了，我对世界以及命运的安排感到越来越迷惑，我在中年的时候，在这片陆地的中心发现我处在不受欢迎的一边——这种想法可能一半是对的一半是不对的。或者汤姆的应激障碍理论也是对错参半。或者丹妮尔从一开始就知道。我们永远都不会知道为什么。总之，诺拉举起了美善的旗帜——美善的，但不是伟大的。或许因为她没有其他的方式能证实自己的存在。在模糊的远方，美善那又尖又细的声音融化在落日、美丽的石灰岩房子、铺了沥青的街道和红绿灯之中，无论它多么诚恳，多么沉着，仍然没有什么人听到。那个"事件"之后，诺拉没有了立足之地；她的处境岌岌可危，她、她沉默的舌头以及被烧伤的手。

美善是温顺的东西，人不能依靠它，现在还不能——这一点我明白。然而我还是投入了它的怀抱。美善是"尊敬"经过精炼和升华后的结果。复仇在这里荡然无存，复仇在这里毫无发言权。恐怕我没有表达清楚，我还在整理其中的细节。但是我要尽力当一名忠于美善的人，所以我在这封信上的署名虽然并非出自真心，但完全遵照了本地电话簿上的记录。

莉塔·温特斯

六角路，RR4

奥兰治镇

还没有

生活充满了孤立的事件，不过要想让这些孤立的事件成为连贯的故事，就需要用一些语言零件将它们粘连起来。那些语法小部件（主要是副词和介词）难以界定，因为它们是关于处所位置或者相对位置的抽象概念，像因此、另外、其他、也、由此、之前、相反、否则、不管、已经，以及还没有。

我的老朋友杰玛·沃尔什刚刚被任命为神学教授（你好，教授），她告诉我，基督教信仰的平衡依赖两个词：已经和还没有。基督已经来了，但是他还没有来。如果你能将这两个相反的概念结合起来，像戴立体眼镜那样，而且像传统的基督徒那样将三位一体的圣父、圣子和圣灵结合起来，那你就能懂得这些未经分类但却相关的词汇的力量和奥妙。

连词兼（有时是）介词除非虽然带有一种挽歌式的含蓄，但它是一个有逻辑含义的词，它是一个满怀希望的人或一个小说家使用的词，这个小说家想撬开这个包裹着硬壳的世界，展现地理特点相像的另一颗有生命的星星，上面居住着与我们相似的人类。如果诺拉身体中的肺泡里没有充满液体，如果希望青年旅馆的志愿者没有向弗朗西丝·奎因报告说诺拉一整晚都在咳嗽，还有如果弗朗西丝·奎因没有叫救护车，我们将永远不会在多伦多综合医院发现诺拉。

碰巧那是个星期五，那天汤姆为了看诺拉一眼，特意开车穿过巴瑟斯特街和布卢尔街的十字路口。她不在那儿。自四月以来她第一次没有在那儿。

除非，除非。他按响了青年旅馆的门铃，有人告诉他诺拉一大早就去了医院，不过诺拉已经成年，也就是超过十八岁，所以弗朗西丝·奎因不能告知是哪家医院。汤姆决定给所有医院打一遍电话。有没有收治一个手腕上有严重皮疹的十九岁姑娘？有——很幸运第三个电话就问到了——她就是那天登记住院的。

除非。常常有人指责小说家滥用巧合的手法，所以我必须问我自己，这是不是巧合：2000 年 4 月，当诺拉站在奥内斯特·艾德百货商店那儿的街角时，一名年轻的女性走到人行道上，将汽油浇到自己的面纱和衣袍上，然后将自己点着了。不是，那并不是巧合，因为诺拉和她的男朋友本·阿博特一起住在附近的一个地下公寓。她当时到马路对面的奥内斯特·艾德百货商店去买一个塑料碗碟架，那场自焚开始时她手里正拿着那个塑料架。（为什么买个塑料碗碟架？——这种容易坏的东西——买这个可能只是因为干家务活时一时觉得需要。）没有多想，没有等记者到来，诺拉就冲了过去灭火。那个塑料碗碟架和套在上面的塑料袋都着了火，粘到了诺拉的皮肤上。她向后退。住手！她大声喊，或者喊了类似的话，然后使劲去抓那个女人燃烧的身体——那名女性的身份至今未明——胳膊，肺，还有肚子。这些都被烧得残缺不全。烟雾很大，气味难闻。两个消防员将诺拉拖开，将她整个举了起来，然后用安全带将她固定在一个急救担架上，送到医院急诊科，在那儿她得到急救处理。可是几分钟后，她消失了，也没有留下姓名。

如果消防员没有将她及时拉开；如果奥内斯特·艾德百货商店外面的监控录像没有捕捉到并保存诺拉的画面——虽然只是背影，还有她扑打火焰时不停挥动的胳膊，但她的家人一下就能辨认出来；如果他们没有将录像交给警察……除非，除非，所有这一切就将不得而知。不过，没关系，诺拉。现在我们知道了。你可以将这一切抛到脑后了。你可以忘掉了。我们会为你记住，一个关于记忆的记忆，我们会很高兴为你记住。

除非我们提出问题。

如果上个星期我没有直截了当地问丹妮尔·韦斯特曼究竟是什么打断了她的童年。是她的母亲还是父亲？我问得很直白。丹妮尔说，是她的母亲。她当时十八岁，一直生活在恐惧当中。有一天晚上她回家晚了，她母亲就要掐死她。她第二天就离开了家，口袋里只有100法郎和一张去巴黎的火车票。

你为什么这几个月都不爱讲话？我问我的婆婆洛伊丝。你为什么不告诉我们出什么问题了？

因为没有人问我，她说。

阿瑟·斯普灵格倒是问了，对不对？

是啊。他坐在厨房的餐桌前，身体前倾，椅子刮擦着地板，那种刻意和亲切怪怪的，然后他说："洛伊丝，现在给我讲讲你的故事吧。"

那你就跟他讲了？

对啊，我讲了。可怜的人，我把曾告诉过你的全告诉了他。

谁都没有，连汤姆都没有对我说过：莉塔，给我讲讲你的故事吧。没有人对安妮特、萨莉和琳说过这么一句激励的话。她们很肯定没有人说过。

我直接打电话问了阿瑟·斯普灵格：他怎么会想到问我的婆婆那样一个奇怪又亲切的问题？

"是啊。"他说（我很高兴他听上去不太好意思）。呃，他是最近在一个有关人际关系的出版学习班上学到的这个技巧，呃，斯克里巴诺－劳伦斯出版社送他去的；是在《萌芽》的作者一跺脚去了克诺夫出版社以后。显然他说了些所谓的不太得体的话，有点无事生非。他被要求去参加一个有关权力关系的沉浸式周末学习班。地点在佛蒙特一个旧的狩猎村舍，参与者是六七个谦逊的专业人员。阿瑟从学习班的讲员那儿得知，答案很简单。你只需请他们——特别是作家，但对其他人也都一样——讲述自己的生活就可以，他们立刻就会中招。这个策略没有害处，而且有效。他只试过几次，每次都大获成功。

"你没有对我说过，"我说，"你没有要我给你讲我自己的故事。"

"嗯，我可以，你要我问吗？"

"不要，太晚了。"

"莉塔，我很抱歉。真的，我是真心地感到歉意。我真的想知道真正的莉塔·温特斯的故事。等哪一天我们有时间的时候。"

同时——又一个那种信号词——同时，我已经给《盛开的百里香》安排了一个古怪的结尾——艾丽西娅胜利了，不过是以她那特有的有点变化无常的方式——这本书会在初秋出版。所有的一切都在最后巧妙收尾，因为喜剧小说的传统结局都很巧妙，这我们都知道。我把故事里每条松散的线索都编在了一起，可是这种过分的讲究有什么意义呢？这并不意味着一切就此永远安好，阿门。它意味着在五分钟的时间里，在小说有限的文字范围中达成了一种平衡；把那五分钟变成五秒钟，变成百万分之一毫微秒。不确定性原理；难道会有人相信事实是相反的吗？

斯克里巴诺－劳伦斯出版社希望能获得一定的成功。年过八旬的人文学系主任查尔斯·凯西教授在《耶鲁评论》[1]刊登了一篇文章，对《我的百里香出苗了》进行了透彻的分析，斯普灵格先生这才收回了他的编辑意见。这篇二月发表的文章出人意料地对我的第一部小说重新进行了评估和赏析，甚至连《娱乐周刊》等通俗媒体也都跟风似的一哄而上。两年前的那些评论家好像并没有理解小说中颠覆性的见解。现在终于得到了纠正。过去看起来简单的东西现在被看作是微妙的。凯西教授说这本书是部精心之作。这话当然会出现在续集的封面上。查尔斯·凯西教授的名字将会和莉塔·温特斯的名字印得一样大，不过我极力不让自己去想这究竟意味着什么。而且我注意到了另外一件事：凯西教授聪明的视角使我的一部分心思飞向那个储藏间的

1　《耶鲁评论》（ *The Yale Review* ）是由耶鲁大学出版的一本文学季刊。

天窗，它从那儿俯视着我，不无嘲讽。

　　丹妮尔·韦斯特曼对我已经不抱希望了。她决定自己翻译她的作品，她给我看的部分译得既准确又有魅力——对，有魅力，我以为自己已经不再相信这个概念——但是现在我看到，魅力可以是一种通向真实的姿态，只要它允许自己乘着上升气流的翅膀，努力进入一种不同的文化气候中。她每天翻译大约一页，然后用传真发给我，让我进行微调；我在一个小时之内给她回复。每次我按下开始键的时候都会想：这是多么讲究的一个机器啊，待在角落里，那么明智、恭敬而且心甘情愿，相比而言，电子邮件是多么丑陋。她正在给她的回忆录添加内容，她在写她的母亲，她终于承认一本回忆录的某个地方必须有个母亲。她一直无法调和的两种身份——女儿和作家——终于渐渐合为一体。她说翻译使她的头脑保持敏锐，就像做填字游戏一样。每天都有要开始和完成的任务。她刚满八十六岁。

　　我已经在考虑三部曲中的第三部：《秋天的百里香》。它的表达形式会比较多样。我想让这本书像管弦乐团中的长号那样低沉地悲鸣，然后音调升高，实现某种蜕变，这蜕变的性质还有待考虑。如果需要，我想让它成为一本只存在于一个房间里的书。我想让它像一幅油画般静若处子，这幅画的标题是：坐着的女人。休息的女人。作品有一半要为我自己而写，至少为那些已经读过前两部书的人而写。这些读者能接受这个事实：我的女主人公艾丽西娅聪明，有创造力，而且有能力解决道德问题——男性主人公通常无须证明就理当拥有的那些素质。这本书与其他两本相比会有点悲戚，而且会短一些。秋天这个词轻轻拍打着我们的头，诉说着，忧郁而短暂，这些情绪我多少知道一些。这第三本小说的字里行间也会流露出些许顺从，这是来自丹妮尔的礼物，同时也会有相当分量的耐力。都在这儿了：宁静和力量，悲哀和顺从，矛盾和荒谬。你可能会说这些差不多是一本严肃小说的材料。

诺拉在家里一天一天地康复，一点一点地觉醒，在想象的地图上羞涩地规划着自己的道路。我和汤姆虽然不敢欣喜若狂，但看到这一切也是非常高兴。我们密切地观察着她，但又假装不在意。她秋天的时候可能会去麦吉尔大学学理科，或者学语言学。她还在考虑。现在她正在睡觉。他们都在睡觉，连佩特也四肢伸展躺在厨房的地上，披着暖和漂亮的皮毛。现在已经过了午夜，在三月的下旬。